Alice Pantermüller

Bendix Brodersen
Angsthasen erleben keine Abenteuer

W0187096

Arena

Für Jakob und Simon

FSC
www.fsc.org
MIX
Papier aus verantwortungsvollen Quellen
FSC® C022125

Bendix Brodersen – Angsthasen erleben keine Abenteuer
von Alice Pantermüller ist der Siegertitel des ersten Kinder- und Jugendbuchwettbewerbs von Arena Verlag, Michael Meller Literary Agency und Münchner Merkur.

1. Auflage als Arena-Taschenbuch 2016
© 2011 Arena Verlag GmbH, Würzburg
Dieses Werk wurde vermittelt durch die
Michael Meller Literary Agency GmbH, München.
Alle Rechte vorbehalten
Vignetten: Susanne Göhlich
Umschlaggestaltung: Fréderic Bertrand
Umschlagtypografie: KCS GmbH · Verlagsservice & Medienproduktion, Stelle/Hamburg
Gesamtherstellung: Westermann Druck Zwickau GmbH
ISSN 0518-4002
ISBN 978-3-401-50904-4

Besuche uns unter:
www.arena-verlag.de
www.twitter.com/arenaverlag
www.facebook.com/arenaverlagfans

1.

An einem Donnerstag im April war eine kleine Anzeige in der Zeitung. Eingequetscht zwischen *Hundewelpen abzugeben* und *Ich sage Ihnen die Zukunft voraus,* war sie leicht zu übersehen, aber Fräulein Schimmel übersah sie nicht. Sie runzelte die Stirn und las sich selbst mit knurriger Stimme vor:

> **»Mutiges zwölfjähriges Waisenkind für abenteuerliche Aufgabe auf einsamer Insel gesucht.«**

Fräulein Schimmel warf die Zeitung auf den Tisch. Sie zog die Mundwinkel nach unten und fischte eine Haarsträhne aus ihrer kunstvoll aufgetürmten Frisur, die sie dann um ihren Finger wickelte. »Wozu sollte ein unnützes und absolut nutzloses zwölfjähriges Waisenkind Abenteuer auf einer einsamen Insel erleben, während ich hier verschmore?«, giftete sie vor sich hin. Wenn es nach Fräulein Schimmel gegangen wäre, dann hätte es gar keine zwölfjährigen Waisenkinder gegeben. Wenn es nach Fräulein Schimmel gegangen wäre, dann wäre sie auch Friseurin geworden.

Fräulein Schimmel liebte Haare. Oh ja, Haare und Frisuren. Lange Haare, die man zu einem Zopf flechten konnte oder zu ganz vielen. Die man zu Schnecken drehen, hochstecken und dauerwellen konnte. Die sich färben, schneiden und nach Herzenslust frisieren ließen. Das war Fräulein Schimmels Welt! Deswegen war es auch ein Albtraum, dass sie nicht Friseurin geworden war, sondern Erzieherin. Besonders für die Kinder war es ein Albtraum. Und ganz besonders für die Jungen mit Haaren, die kurz und stoppelig waren wie die einer Klobürste.

Fräulein Schimmel arbeitete im Waisenhaus *Zur barmherzigen Einfalt.*

Und an diesem Donnerstag im April knüllte sie die Zeitung zusammen und steckte sie in den Ofen, um ein Feuer anzuzünden.

Der Triceratops hatte ihn gewittert. Er schien unruhig zu sein. Er hob seinen Kopf mit dem gigantischen Nackenschild in die Höhe und sog geräuschvoll die Luft ein.

Bendix war stehen geblieben. Wie groß der Dinosaurier war! Natürlich würde er ihn nicht fressen, schließlich war er ein Pflanzenfresser, aber er könnte ihn zertrampeln wie eine

Kellerassel. Er war so schwer wie ein Bus und mit seinen Hörnern konnte er zehn von seiner Sorte aufspießen.

Aber Bendix hatte keine Angst. »Komm her«, lockte er und hielt den Palmfarn hoch. Und tatsächlich, der Riese kam auf ihn zu. Schritt für Schritt. Der Boden bebte, ein Zittern lief durch Bendix' Körper. Aber er rührte sich nicht von der Stelle. Die Härchen an seinen Armen standen ihm zu Berge. Gleich war der Triceratops da, sein gekrümmter Schnabel, mit dem er auch die härtesten Pflanzen zerkleinern konnte, glänzte in der Sonne der späten Kreidezeit. Der Atem des riesigen Tieres war heiß und roch fremd. Bendix' Herz klopfte zum Verrücktwerden, als er ihm den Zweig entgegenstreckte. Behutsam öffnete der Horndinosaurier seinen Schnabel ...

»Aaargh! Du nichtsnutziger Stoppelkopf! Was ist hier los?«

Bendix schreckte so zusammen, dass er sich beinahe an der Zahnpasta verschluckt hätte. Einen Augenblick lang blinzelte er in das Licht.

»Bendix Brodersen! Was denkst du eigentlich, was du da tust?«

Ja, was tat Bendix eigentlich? Fast hätte er einen echten Dinosaurier gefüttert, aber nun ... Zum stachelschwänzigen Stegosaurus! Der Schaum der Zahnpasta rann ihm am Kinn hinunter. Das Wasser! Er hatte vergessen, den Wasserhahn zuzudrehen, und nun war das Waschbecken übergelaufen und ... er sah auf seine Füße. Die Socken waren pitschenass. Ihm lief es heiß und kalt über den Rücken. Schnell drehte Bendix das Wasser ab.

Er stand im Waschraum der Jungen des Waisenhauses *Zur*

barmherzigen Einfalt und wusste, dass er mal wieder Ärger bekommen würde. Alle anderen Jungs waren schon weg. Er war mal wieder der Letzte. Und allein mit Fräulein Schimmel, deren Stimme zwischen den fleckigen Fliesen hallte wie der Schrei des Pteranodon. Pteranodon – *zahnloser Flügel.* Nein, das passte nicht. Fräulein Schimmel hatte durchaus Zähne und sie hatte sogar Haare auf den Zähnen. »Du nutzloser, unnützer und überaus überflüssiger Nichtsnutz!«, kreischte sie und griff sich in ihre Frisur. »Du machst nichts als Ärger! Wozu gibt es bloß zwölfjährige Waisenkinder mit Haaren wie eine Klobürste? Was stehst du noch hier herum? Hol einen Lappen und wisch die Schweinerei auf!«

Bendix spuckte die Zahnpasta in das Waschbecken, aus dem das Wasser gluckernd ablief, und wischte mit dem Ärmel seines Schlafanzuges über den Mund. Auf seinen Badelatschen rutschte er über den nassen Fußboden bis zum Abstellraum und holte einen Wischlappen heraus. Seine Socken quietschten bei jedem Schritt.

»Schnell, schnell!« Fräulein Schimmel sah auf ihre Uhr. »In zehn Minuten beginnt meine Lieblingssendung im Fernsehen. *Haare der Welt.* Wenn ich deinetwegen den Anfang verpasse, dann wirst du es bereuen, du stoppelköpfiger Taugenichts!«

Der Lappen tropfte, Bendix kleckerte alles voll. Wo, zum scharfkralligen Tyrannosaurus, kam nur das ganze Wasser her? Er wrang den muffigen Lappen über dem Waschbecken aus, wischte und wischte, verteilte dabei aber nur den Dreck auf dem Boden. Sicherlich hatte noch nie jemand hier sauber gemacht. In den Duschen wuchsen schon Pilze und unter den Waschbecken hingen Stalaktiten. Es roch oll und gammelig.

»Dieser Bengel!« Fräulein Schimmel verdrehte die Augen und rang die Hände Richtung Himmel. »Du machst das extra langsam! Pure Absicht ist das! Nur noch fünf Minuten, dann beginnt meine Sendung! Heute ist ein besonders interessantes Thema dran. Die Kampffrisuren der Frauen des Burri-Burri-Stammes in Zentralafrika. Also beeil dich gefälligst!«

Bendix schrubbte, dass ihm die Arme wehtaten. Er spürte Schweißperlen auf der Stirn. Schließlich wrang er ein letztes Mal den Lappen aus und brachte ihn dann in den Abstellraum zurück.

»Und nun ab ins Bett, du borstiger Ferkelhintern! Ab! Ab!« Sie trieb Bendix wie ein Stück Vieh vor sich her durch den Gang, in dem die Neonbeleuchtung die vergilbten Tapeten in ein krankes Licht tauchte. Ein paar uralte Fotografien von Kriegsschiffen und Kampfflugzeugen hingen an den Wänden.

Aus dem Schlafsaal drangen noch Stimmen. Am lautesten schrie natürlich Chris.

Chris. Bendix biss sich auf die Lippen. Chris war einen Kopf größer und doppelt so schwer wie er. Und er schlief im Bett direkt über ihm. Das wäre natürlich alles nicht so schlimm gewesen, wenn Chris ein netter Junge und Bendix' bester Freund gewesen wäre. Aber zufällig war es nun einmal so, dass Chris ein Ekelpaket war, das keine Möglichkeit ausließ, um Bendix zu ärgern und zu quälen.

»Bendix, du Pfeife!«, schrie er, als Bendix den Kopf um die Ecke steckte. Er saß breitbeinig auf seinem Bett und warf

Kekskrümel hinunter auf Bendix' Laken. »Bist du schon wieder beim Zähneputzen eingeschlafen oder was?«

Die anderen Jungen lachten. Der große und der kleine Philipp, Tom und Angelo. Sie waren zu sechst im Zimmer. Fünf Kumpels und ein Bendix. Er hatte nicht einen Freund im Waisenhaus.

»Ruhe!« Fräulein Schimmel bellte wie ein Edmontosaurus und sofort war es still. »Jetzt wird geschlafen! Wenn ich noch einen Ton von euch höre, werde ich euch allen morgen früh noch vor der Schule die Haare ratzekahl abscheren!«

Das war wohl die schlimmste Strafe, die sich Fräulein Schimmel ausdenken konnte. Sie griff noch einmal in den Haarturm auf ihrem Kopf, dann knipste sie das Licht aus und knallte die Tür zum Schlafraum zu.

»Soll das eigentlich ein Nest sein, was sie auf dem Kopf hat?«, raunte Chris in die Dunkelheit. »Da wird sich noch mal ein Vogel einnisten!«

Die anderen vier Jungs kicherten leise.

Bendix schwieg. *Hoffentlich nistet sich kein Vogel in Fräulein Schimmels Frisur ein,* dachte er. Er mochte Vögel. Sie stammten direkt von den Dinosauriern ab.

Dann quietschte und knarrte das Bett über ihm. Obwohl er es nicht sehen konnte, merkte er, dass Chris sich zu ihm hinunterbeugte. »Ich weiß übrigens, wo du deinen Schatz versteckt hast«, zischte er und ließ ein paar Spucketröpfchen hinabregnen. »Morgen hole ich ihn mir! Hähähä!« Er pupste, dann wälzte er sich zurück in sein Bett.

Bendix schwieg. Es war nicht wahr. Chris hatte keine Ahnung, wo er seinen Schatz hatte. Das Versteck war absolut bombensicher. Chris wollte doch nur, dass Bendix morgen sofort loslief, um seinen Schatz zu holen. Dann würde er ihm auflauern und ... ein scharfer Schmerz fuhr durch Bendix' Brust. Nie im Leben. Nie im Leben durfte Chris erfahren, wo Bendix seinen größten Schatz versteckt hatte!

Es war eine Allosaurus-Kralle. Eine versteinerte Allosaurus-Kralle, größer als Bendix' ganze Hand. Sie war einhundertfünfzig Millionen Jahre alt und lag zusammen mit seinen anderen Schätzen in einem Schuhkarton. Zusammen mit den Fotos seiner Eltern, mit den Briefen seiner Mutter, mit dem Schweizer Taschenmesser seines Vaters ...

Nein. Nicht darüber nachdenken. Bendix schloss die Augen und versuchte, sich wieder den Triceratops vorzustellen. Seinen Triceratops ... Er hielt ihm einen Zweig hin ... einen Farnzweig ... oder so ... Der Horndinosaurier kam auf ihn zu ... kam auf ihn zu ...

Mama, dachte Bendix. *Mama und Papa.* Eine Hand griff nach seinem Herzen und quetschte es zusammen. Sie waren es gewesen, die ihm die Allosauruskralle mitgebracht hatten. Beim letzten Mal, als sie aus Nordamerika zurückgekommen waren. Beide waren Paläontologen gewesen. Sie hatten Fossilien ausgegraben und erforscht. Sie hatten so viele Dinosaurierskelette gefunden!

Bendix' Augen füllten sich mit Tränen. Wie gut, dass es dunkel war im Schlafraum des Waisenhauses *Zur barmherzigen Einfalt!* Ganz leise schniefte er.

Chris hörte es trotzdem. »Halt die Klappe da unten!«, raunzte er. »Sonst trinkst du morgen noch vor dem Frühstück die Toilette aus. Ich hab dich in der letzten Zeit viel zu sehr verschont. So langsam wirst du mir zu aufmüpfig, du Wicht!«

Vier Jungs kicherten in der Dunkelheit.

Bendix schluckte die Tränen runter und versuchte, nicht mit der Bettdecke zu rascheln.

Es war vor zwei Jahren passiert. Die Erinnerung tat noch immer furchtbar weh. Vor zwei Jahren waren Mama und Papa in der Mongolei gewesen. Bendix konnte sich noch genau an das letzte Telefongespräch erinnern. »Stell dir vor, wir haben eine ganze Herde Oviraptoren gefunden!« Mamas Stimme hatte sich so glücklich angehört. »Mit mehreren Nestern und haufenweise Eiern! Außerdem haben wir gestern Knochen ausgegraben, die wir nicht kennen. Vielleicht haben wir eine ganz neue Saurierart entdeckt! Sobald Sommerferien sind, holen wir dich nach, mein Schatz!«

Nur einen Tag später war der Hubschrauber, in dem Mama und Papa saßen, gegen einen Berg geflogen und in tausend Teile zerschellt. Bror und Birke Brodersen waren tot. Und Bendix reiste in den Sommerferien nicht in die Mongolei, sondern zog mit seinem Koffer in das Waisenhaus *Zur barmherzigen Einfalt.*

Jetzt musste Bendix doch noch einmal schniefen. Aber aus dem Bett über ihm kamen nur ein paar Schnarchgeräusche. Irgendjemand knurrte in sein Kissen, ein Lattenrost knackte. Der Gestank nach alten Turnschuhen und verschwitzter Kleidung waberte durch den Raum. Bendix wischte sich mit der Hand über die Nase. Seine Finger rochen noch immer nach dem alten Wischlappen.

Da traute er sich, abgrundtief zu seufzen. Es würde noch

unendlich lange dauern, bis er hier herauskam. Eine Ewigkeit oder zwei oder vielleicht auch hundert. Ein Ende war nicht in Sicht.

2.

Am nächsten Donnerstag erschien wieder eine Anzeige in der Zeitung. Diesmal war sie schon etwas größer. Sie stand zwischen *Aus Krankheitsgründen bleibt meine Zahnarztpraxis im Mai geschlossen* und *Haben Sie Probleme mit Warzen?*.

Fräulein Schimmel hatte keine Probleme mit Warzen, Gott sei Dank! Schon eher mit Rotkehlchen. Am Wochenende hatte eines versucht, in ihren Haaren zu nisten. Aber Fräulein Schimmel hatte es erfolgreich verjagt. Diese Biester wurden auch immer dreister, genau wie die Kinder! Und jetzt auch noch das! Solche Anzeigen in der Zeitung waren eine einzige Zumutung.

»Gibt es irgendwo ein tierliebes zwölfjähriges Waisenkind, das keine Angst vor besonders großen Tieren hat? Kannst du gut anpacken und bist zuverlässig? Dann erwartet dich eine spannende Aufgabe auf einer Insel in der Südsee!«

Fräulein Schimmel stieß einen Wutschrei aus, zerknüllte die Zeitung und warf sie in die Ecke ihres Erzieherinnenzimmers. Unverschämtheit! Zwölfjährige Waisenkinder sollten nicht in die Südsee reisen und spannende Abenteuer erleben! Die sollten still in der Ecke sitzen und dankbar dafür sein, dass es die *barmherzige Einfalt* gab!

Sie trat noch einmal nach der Zeitung. Dann griff sie mit spitzen Fingern danach und strich sie wieder glatt. »Tierlieb«, knurrte sie und pustete eine Haarsträhne aus ihrem Gesicht. »Wenn ich das schon lese.« Sie selbst fand Tiere fast noch überflüssiger als Kinder. Die einzigen Tiere, die sie mochte, waren Pudel. Die konnte man so schön scheren und frisieren. *Trimmen* nannte man das. Man konnte ihre Löckchen rosa färben oder babyblau und sie shampoonieren, bürsten und föhnen . . . ganz, wie man Lust hatte. Ach ja! Pudel waren doch schöne Tiere!

Noch einmal überflog Fräulein Schimmel die Zeitung. Dann warf sie sie in den Papierkorb neben ihrem Schreibtisch, denn es war warm geworden und sie brauchte den Ofen nicht mehr anzuheizen.

»Auf die Plätze!«

»Vergiss nicht: ICH gewinne!«

»Fertig!«

»Sonst trinkst du heute noch das Klo aus, du Pfeife!«

»Los!«

Der Knall der Startklappe schallte über den Sportplatz wie eine Ohrfeige. Bendix rannte los. Doch schon nach wenigen Schritten merkte er, dass Chris hinter ihm zurückblieb. Also verlangsamte Bendix sein Tempo. Er hörte Chris in seinem Rücken keuchen, der Boden bebte, als liefe ein Triceratops hinter ihm her.

»Ich warne dich, du Wicht!« Chris pfiff auf dem letzten Loch. Trotzdem schaffte er es nicht, Bendix einzuholen. Also wurde Bendix noch langsamer, auch wenn er jetzt das Gefühl hatte, kaum noch von der Stelle zu kommen. Er sah sich um.

Wo war eigentlich Herr Wolkenbarth, der Sportlehrer? Warum stand er nicht an der Ziellinie, wo er hingehörte?

Bendix war bestimmt nicht der schnellste Läufer des Waisenhauses, aber Chris hätte sogar ein Rennen gegen eine Galapagos-Riesenschildkröte verloren. Noch immer lief er weit hinter Bendix. Und dabei schlich der doch schon im Zeitlupentempo! Die Ziellinie war schon in Sicht. Nur noch zehn Meter, nur noch neuneinhalb . . . Panik schoss in Bendix' Herz und schnürte ihm die Kehle zusammen. Er durfte nicht gewinnen! Er durfte einfach nicht. Es gab nur noch eine Möglichkeit: Drei Meter vor dem Ziel blieb er auf einem Bein stehen. Wie ein Reiher im Fischteich.

Jetzt musste Chris ihn doch einholen! Warum nur zog er nicht endlich an ihm vorbei?

Bendix versuchte, einen Blick über die Schulter zu werfen. Dabei verlor er das Gleichgewicht. Er ruderte mit den Armen, wackelte hin und her ... dann kippte er um und fiel auf die Aschenbahn. Dabei schrammte er sich das rechte Knie auf.

»Hahaha, schaut euch die Niete an!«

»Was für ein Volltrottel!«

»Bendix, schläfst du jetzt schon beim Laufen ein oder was?«

Der große und der kleine Philipp, Tom und Angelo standen an der Ziellinie. Herr Wolkenbarth war noch immer nicht in Sicht.

Bendix blieb auf der Aschenbahn sitzen und rieb sich das Knie. Dann sah er sich um. Oh nein! Blitzschnell rollte er sich zur Seite.

Zwei Brachiosaurierbeine stampften dicht an ihm vorbei. Puh, das war knapp gewesen! Fast hätte ihn der riesige Sauropode niedergetrampelt. Das wäre sein sicherer Tod gewesen! Doch dann ... dann änderten die Beine auf einmal die Richtung. Sie kamen nun direkt auf ihn zu! Sollte das sein Ende sein?

»Dein Glück, du Schnarchnase«, keuchte Chris. Breitbeinig stand er vor Bendix. »Du weißt ja: Wenn ich verliere, dann ...« Er verzog sein Gesicht zu einem breiten Grinsen, »... Gluck! Gluck! Gluck!«

Wieder hörte Bendix das Gelächter der anderen Jungen. Sie brüllten vor Lachen. Sie lachten immer noch, als sie über den Sportplatz zur Startlinie zurückgingen.

Bendix rappelte sich auf und betrachtete sein Knie. Es blutete. Er wischte mit der Hand darüber. Jetzt war auch noch alles verschmiert. Aber wenigstens war er der riesigen Bestie entkommen. Ha!

Er hob einen Stein auf und wollte ihn gerade in die Büsche feuern, als er bemerkte, dass er aussah wie der Kopf eines Ornithocheirus. Bendix strich über seine Oberfläche. Der Stein fühlte sich glatt und kühl an.

Der Ornithocheirus hatte eine Flügelspannweite von bis zu zwölf Metern gehabt. Zwölf Meter! So groß waren kleine Sportflugzeuge! Und was für weite Strecken er fliegen konnte! Bendix schloss seine Hände um den Stein und drückte ihn an die Brust. Hoch über seinem Kopf sausten Schwalben umher, zwitscherten ihre Lieder in den Himmel und hatten keine Ahnung davon, dass sie von riesigen und gefährlichen Geschöpfen abstammten ...

Direkt vor Bendix knallten zwei Hacken zusammen.

Sein Kopf fuhr hoch.

»Absichtlich fallen gelassen, hä? Das ist Heerzersetzung, Brodersen! Damit schadest du der Truppe!«

Vor ihm stand Herr Wolkenbarth. Sein gigantischer Schnäuzer bewegte sich beim Sprechen auf und ab. Über seinem Muskelhemd in Tarnfarben baumelte eine Trillerpfeife.

Herr Wolkenbarth freute sich immer auf die warme Jahreszeit, wenn er mit seinen Schülern auf den Sportplatz gehen konnte. Dann gab es kein Bockspringen mehr, kein Bodenturnen und keinen Stufenbarren. Dann gab es nur noch die Aschenbahn und die Schüler mussten laufen, laufen, laufen. Sprints, Mittelstrecken, zweitausend Meter. Das machte Herrn Wolkenbarth glücklich. Damals beim Militär war er selbst ein begnadeter Läufer gewesen. Wieder und wieder hatte er den Kindern von seinem Marathonlauf vor fünfundzwanzig Jahren erzählt. Wie er mit der Startnummer zweihundertvierundsiebzig nach vier Stunden und zweiundfünfzig Minuten ins Ziel eingelaufen war. Oh ja! Und sicherlich wäre er noch heute ein erfolgreicher Läufer, wäre da nicht diese alte Kriegsverletzung. Aber mit einem Holzbein lief es sich nun mal nicht so gut.

Einen Augenblick lang zögerte Bendix. Was wäre, wenn er dem Lehrer einfach von Chris erzählen würde? Von all den Quälereien, den Drohungen, den Demütigungen? Vielleicht würde ja Herr Wolkenbarth . . .

»Du hast keinen Kampfgeist, Bürschchen! Glaubst wohl, du kannst dich hier abseilen, hä? Dir fehlt einfach der Schneid. Schau dir den Kameraden Chris Wattworm an!« Herr Wolkenbarths Schnäuzer hüpfte auf und ab. »Der kämpft immer mit an der vordersten Front. Und das ist das, was ich von meinen Mannen erwarte. Leistungsbereitschaft, Brodersen. Leistungsbereitschaft.«

Nein, Herr Wolkenbarth würde nicht. Zackig drehte sich der Lehrer um und marschierte im Stechschritt davon.

Bendix blieb sitzen. Er starrte auf den Ornithocheirus-Stein in seiner Hand. Und hatte das Gefühl, der allereinsamste Mensch unter der Sonne zu sein.

Bendix schnupperte, als er in den Speisesaal trat. Hmmm, das roch nach . . . das roch nach Spaghetti mit Tomatensoße! Nach großen Schüsseln mit dampfenden Spaghetti und fruchtiger Soße aus frischen Tomaten . . . mit geriebenem Käse obendrauf . . . Sofort spürte er das Loch in seinem Magen, in dem es knurrte wie ein Säbelzahntiger. Bendix senkte den Kopf und schluckte die Spucke hinunter, die in seinem Mund zusammengelaufen war.

Natürlich würde er nichts abbekommen. Schließlich saß er am selben Tisch wie Chris. Und wenn es solch ein leckeres Essen gab wie Spaghetti mit Tomatensoße, dann würde er nicht einmal die leeren Schüsseln auslecken dürfen. Ja, wenn es matschigen Rosenkohl gab oder rote Bohnen aus der Dose, dann bekam auch er einen Teller ab. Aber bei Spaghetti mit Tomatensoße – nie im Leben!

Bendix ließ sich auf seinen Stuhl fallen und seufzte aus tiefstem Herzen.

»Bendix Brodersen!«

Er fuhr auf und sah direkt ins Gesicht von Fräulein Schimmel, die sich auf die Tischkante stützte. Dabei rutschte ihr Haarturm fast über das rechte Auge.

»Bendix, du unnützer Nichtsnutz! Du hast diese Woche Tischdienst. Mach dich also gefälligst nützlich und stell die Schüsseln auf den Tisch! Du glaubst wohl, wir sind alle nur hier, um dich zu bedienen!«

Bendix sprang auf und lief hinüber zum Ausgabefenster. Dort standen sie schon in Reih und Glied: Schüsseln über Schüsseln mit goldenen Spaghetti und dicker Tomatensoße. Das Essen duftete besser als ein Grillabend im Hochsommer und Bendix wurde schwindelig vor Hunger. Er biss sich auf die Lippen und griff nach einer Spaghettischüssel, die er auf den nächsten Tisch stellte. Dann eine Schüssel mit Tomatensoße. Er könnte einmal, ganz aus Versehen, den kleinen Finger einstippen und ablecken . . .

»Los, nun mach schon, du Schnecke! Das Essen wird kalt!« Chris klapperte ungeduldig mit seinem Besteck auf dem Teller herum.

Hastig stellte Bendix die Schüssel auf den Tisch. Ein wenig Soße schwappte über.

»Volltrottel!«

Bendix senkte den Kopf.

Wenig später war im Speisesaal nur noch das Geschmatze und Geschlürfe von fast vierzig Kindern zu hören. An Bendix' Tisch standen die Schüsseln direkt vor Chris' Nase. Er schaufelte gerade die vierte Portion Spaghetti mit Tomatensoße in sich hinein. Sein Gesicht war von einem Ohr bis zum anderen rot verschmiert. »Hmmm, köstlich, was, Kumpels?« Sein Mund war so voll, dass man ihn kaum verstand. Er sabberte Tomatensoße über den Tisch.

Bendix hatte schon Kopfschmerzen vor Hunger. Er versuchte, an den Triceratops zu denken, aber das Einzige, woran er denken konnte, waren Spaghetti mit Tomatensoße.

Die anderen Jungs am Tisch stopften sich voll, bis wirklich kein Fitzelchen Nudel mehr übrig war und kein Klecks Soße.

Dann lehnte Chris sich in seinem Stuhl zurück. Das Holz knackte unter seinem Gewicht. »Aaah!«, stöhnte er. »Das war gut. Was gibt es zum Nachtisch? Schokoladenpudding mit Vanillesoße? Stell deinen Pudding einfach zu mir rüber, du Wicht. Ich bin zu satt, um ihn jetzt noch zu essen. Das wird mein Nachmittagsimbiss.« Er klopfte sich auf den Bauch.

Wortlos schob Bendix Chris seinen Pudding zu. Seitdem er im Waisenhaus war, seit zwei Jahren, hatte Bendix noch keinen Schokoladenpudding mit Vanillesoße gegessen. Natürlich auch kein Eis. Und auch keinen Kuchen.

Vielleicht hatte er ja später Glück und es gab Brot vom Vortag und Ziegenkäse zum Abendessen. Dann hatte auch er eine Chance, heute noch etwas in den Bauch zu kriegen.

»Ähem. Hem! Hem!« Fräulein Schimmel war von ihrem Tisch aufgestanden und versuchte, sich Gehör zu verschaffen. Sie hielt eine Liste in die Höhe. »Küchendienst. Hört gefälligst zu, ihr geschorenen Schafe! Also: Mit Abräumen und Abwasch sind heute folgende Kinder dran: Bendix Brodersen . . .«

Bendix sah überrascht auf. Dann hob er seine Hand. »Fräulein Schimmel! Bitte, Fräulein Schimmel!«

Fräulein Schimmel verdrehte die Augen. Sie griff sich mit beiden Händen in die Haare. »Was willst du, du nichtsnutziger Taugenichts?«

»Bitte, Fräulein Schimmel«, Bendix schluckte und seine Stimme war heiser, »das kann nicht sein. Ich war erst gestern mit Küchendienst dran.«

»So. Du warst erst gestern mit Küchendienst dran. Du stehst aber auf meiner Liste, Bendix Brodersen. Willst du etwa behaupten, dass ich lüge?«

»Nein, nein, natürlich nicht!« Bendix merkte, dass ihm die Röte ins Gesicht schoss. »Aber ich habe wirklich erst gestern Küchendienst gehabt.«

Jetzt kam Fräulein Schimmel auf Bendix zu, Schritt für Schritt, und ihr Zeigefinger stach dabei Löcher in die Luft. »Ich will dir mal etwas sagen, du kleine Nacktschnecke. Wenn hier auf der Liste steht, dass du heute Küchendienst hast, dann hast du heute Küchendienst und nicht gestern. Ist das klar? Ist das klar, Bendix Brodersen?« Sie rammte ihren Zeigefinger in Bendix' Brust, denn sie war mittlerweile bei ihm angekommen.

Bendix taumelte rückwärts. Einen Augenblick lang versuchte er, Fräulein Schimmels Blick standzuhalten, dann senkte er den Kopf und nickte.

»Also, worauf wartest du noch? Ab mit dir in die Küche! Und vergiss nicht, die Schüsseln auf dem Weg mitzunehmen.«

Das Lachen der anderen Kinder verschmolz in Bendix' Ohren zu einem Rauschen, als er die Schüsseln aufeinanderstapelte, um sie in die Küche zu tragen. Sollten sie doch lachen. Vielleicht würde die nette Nadja in der Küche ihm ja noch erlauben, die Reste aus den Schüsseln zusammenzukratzen.

Vielleicht aber hatte die nette Nadja heute auch ihren freien Tag und die garstige Gisela stand hinter der Spüle.

3.

Am letzten Donnerstag im April erschien keine Anzeige in der Zeitung, die irgendetwas mit zwölfjährigen Waisenkindern und Inseln in der Südsee zu tun hatte. Fräulein Schimmel las die Zeitung von vorn bis hinten und dann blätterte sie sie noch einmal von hinten nach vorn durch. Gut so! Endlich war dieser Spuk vorbei. Sie nickte befriedigt. Dann holte sie eine Schere aus dem Schreibtisch des Erzieherinnenzimmers und schnitt einen Bericht über die internationale Frisurenmesse in Paris aus, den sie auf den Tisch legte. Die ganze Zeit über summte sie ein Liedchen vor sich hin.

Den Rest der Zeitung knüllte sie zusammen und stopfte die Papierkugeln in ein Paar Schuhe, die sie gerade gründlich gewaschen hatte und die innen noch ganz nass waren. Sie stellte die Schuhe zum Abtropfen ins Waschbecken. Danach holte sie ihr großes Frisuren-Album aus dem Regal und begann, darin zu blättern. Wo war nur der beste Platz, um den Zeitungsartikel einzukleben?

Allzu nah durfte Bendix nicht an das Nest herangehen. Der Triceratops bewachte seine Eier. Erst vorhin hatte er ein paar vorwitzige Oviraptoren in die Flucht geschlagen, die sich dem Gelege genähert hatten. Das war auch besser so, schließlich bedeutete Oviraptor *Eierdieb*.

Glücklicherweise vertraute der Triceratops Bendix mittlerweile. Bendix fütterte ihn mit Eichen- und Magnolienblättern und kratzte ihm ab und zu mit einem Stock den Bauch, was er gern hatte. Aber an sein Nest ließ er auch Bendix nicht heran. Also beobachtete Bendix es aus einigen Metern Entfernung.

Seit sich heute Morgen die ersten Risse in den Eierschalen gezeigt hatten, ließ er es nicht mehr aus den Augen. Er saß an einen Ginkgo-Baum gelehnt im Schatten der Blätter und wartete darauf, dass die ersten kleinen Dreihörner ausschlüpften. Seine Zunge klebte am Gaumen vor Durst und seine Muskeln schmerzten schon vom Stillsitzen, aber er traute sich nicht, aufzustehen und zur Quelle zu gehen. Vielleicht würde genau in dem Moment die erste Eischale aufbrechen, wenn . . . Aaaauuu! Ein Biss in den Nacken! Aaah! Diese Schmerzen! Bendix wurde schwarz vor Augen. Ein Velociraptor! Das war sein Ende. Oder war es sogar der größte Räuber der späten Kreidezeit – der Tyrannosaurus Rex?

»Hast du es immer noch nicht kapiert, du Schnarchnase?«

Dem Mundgeruch nach zu urteilen, hatte ein Aasfresser ihn gepackt. Bendix stöhnte vor Schmerzen.

»ICH gewinne. Und DU stirbst jetzt.« Chris sah sich nach allen Seiten um. »Los, Jungs! Ab in die Büsche mit ihm!«

Der große und der kleine Philipp drehten Bendix die Arme auf den Rücken und schleiften ihn von der Aschenbahn. Irgendwo in der Ferne, zu weit weg, hörte er die Stimme von Herrn Wolkenbarth Befehle brüllen.

»Es war ein Versehen!« Bendix keuchte. »Ich hab nicht aufgepasst. Entschuldigung, Chris. Entschuldigung!« Das Blut rauschte in seinen Ohren. Dieser blöde Zweitausend-Meter-Lauf! Fünf Runden um die Aschenbahn, die Sonne schien, Vögel sangen in der Luft, jeder ein anderes Lied ... da konnte man doch schon mal ins Träumen kommen und einfach laufen und laufen, ohne an Chris zu denken!

»Zu spät, du Pfeife. Zu spät!« Chris stieß ihn in den Rücken. »Jetzt wirst du bereuen, dass du mich überholt hast! Oh ja! Bitter bereuen wirst du!«

Bendix bereute es schon jetzt ganz bitter, aber das half nichts. Die drei Jungen zerrten ihn in die Büsche am Rand des Sportplatzes. Die Dornen der Berberitzen zerkratzten Bendix' nackte Arme. Er schnappte nach Luft. Es roch nach feuchter Erde und verschwitzten Jungenkörpern. Herr Wolkenbarth war jetzt nicht mehr zu sehen. Und auch die Vögel sangen nicht mehr.

»Haltet ihn fest, Jungs! Haltet ihn fest! Jetzt werde ich diesem Wicht eine Lektion erteilen, die er verdient hat!«

Der große und der kleine Philipp drehten Bendix fast die

Arme aus den Schultergelenken, so sehr zerrten sie an ihm. Und dann griff Chris mit beiden Händen in den weichen Erdboden. Als er sich wieder aufrichtete, rieselte ihm die saftige Erde durch die Finger. In seinen Händen wanden sich Würmer und krabbelten Käfer.

Bendix presste die Lippen zusammen. So fest er konnte. Daraufhin drückte Chris ihm einen Mistkäfer ins Ohr.

»Aaah!« Bendix schüttelte den Kopf und versuchte, um sich zu schlagen. Vergeblich. Chris nutzte die Chance und presste ihm die wimmelnde Erde auch noch in den Mund. Bendix spuckte und schrie, bekam aber nur noch ein paar zusätzliche Regenwürmer hinterhergestopft.

»Vergiss nicht, schön zu kauen, du Niete. Ist das nicht ein feines Mittagessen?«

Ameisen krabbelten über Bendix' Gesicht. Eine erkundete interessiert sein Nasenloch. »Aaargh!«

»Und zum Nachtisch«, Chris leckte sich genüsslich die Lippen, »etwas besonders Pelziges.« Er hatte eine Raupe gefunden. So eine mit langen schwarzen Haaren.

Bendix krächzte und gurgelte. Aber es nützte nichts. Chris hakte seine Daumen in Bendix' Mundwinkel und presste ihm auch noch die Raupe zwischen die Zähne. »So. Jetzt könnt ihr ihn loslassen.«

Der große und der kleine Philipp ließen ihn los.

Bendix fiel zu Boden. Er hustete und würgte und dann übergab er sich dort, wo er gerade lag. Kühle, feuchte Erde. Voller Käfer, Würmer und Raupen. Er spuckte und spuckte. Es blubberte in seinen Ohren und er hörte Stimmen.

»Und nachher trinkst du noch die Toilette aus«, kam es aus

weiter, weiter Entfernung. »Du Wicht.« Dann war Bendix wieder allein.

»Schon wieder die Moral der Truppe untergraben, hä, Brodersen?« Bendix starrte auf den Schnäuzer, der mit ihm sprach.

Allerdings sah er zwei Schnäuzer und zwei Trillerpfeifen, die an zwei roten Bändern über zwei Bundeswehr-Tarnhemden baumelten. Er kniff die Augen zusammen und blinzelte. Als das nicht half, entschied er sich, mit dem linken der beiden Gesichter zu sprechen. »Mir ist schlecht.« Er brachte nur ein Krächzen hervor. Die Worte waren kaum zu verstehen. »Ich bin krank. Ich möchte ins Bett.«

»Das erfordert sofortige Meldung bei Frau Rubella im Krankenzimmer«, bellte das rechte Gesicht und zog eine Augenbraue hoch. »Sie wird entscheiden, ob du krank bist oder nicht. Wenn du mich fragst, dann bist du nichts weiter als ein Drückeberger!«

»Danke schön«, krächzte Bendix, drehte sich um und schleppte sich vom Sportplatz.

An diesem Donnerstag nahm Bendix nicht am Mittagessen teil. Er lag im Bett und versuchte, die Übelkeit zu vergessen.

Da es Hähnchenkeulen mit Pommes frites gab, hätte er ohnehin nichts abbekommen.

Trotzdem war es sehr schade, dass Bendix ausgerechnet an diesem Donnerstag krank im Bett lag, denn es passierte etwas sehr Merkwürdiges. Etwas, das bislang noch nie im Waisenhaus *Zur barmherzigen Einfalt* passiert war.

Chris stopfte gerade seine siebte Hähnchenkeule in sich hinein, als mit einem Knall die Tür zum Speisesaal aufflog und eine riesige Frau eintrat. Auf ihrer Schulter saß ein Vogel mit langem Schwanz und grün schillernden Federn. Die Frau ging mit großen Schritten an der ersten Tischreihe vorbei, wobei sie sich interessiert die Gesichter der Kinder anschaute. Dann blieb sie mitten im Raum stehen und rief: »Guten Tag! Ich brauche ein zwölfjähriges Kind!«

Fräulein Schimmel war aufgesprungen. Ihr Mund stand offen und sie hatte rote Flecken am Hals. Ein paar Mal musste sie den Mund auf- und zuklappen, bevor sie etwas sagen konnte. »Sie!«, krächzte sie dann, wobei ihre Stimme quietschte wie ein rostiges Dreirad, »das geht aber wirklich nicht, dass Sie hier einfach so reinkommen, noch dazu mit so einem Vogel auf der Schulter! Das ist doch unhygienisch! Denken Sie doch an die Federn! Und dann auch noch ein zwölfjähriges Kind verlangen! Da müssen Sie sich schon vorher bei der Rektorin melden!«

»Warum?« Die fremde Frau lächelte Nelly an, ein Mädchen mit einem dicken Zopf. »Die Kinder sind doch hier.« Prüfend betrachtete sie den kleinen Philipp, bevor ihr Blick auf den großen Philipp fiel. Sie runzelte die Stirn. Dann wanderte sie den nächsten Tisch entlang und betrachtete in Ruhe jedes einzelne Kind. Alle hatten aufgehört zu essen. Die wenigsten trauten sich, die Frau anzuschauen. Wie gebannt klebten die meisten Blicke an dem seltsamen Vogel auf ihrer Schulter. Ein paar Kinder tuschelten leise miteinander.

Und Fräulein Schimmel hatte es die Sprache verschlagen. Sie stand einfach nur da und starrte diese fremde Person an, obwohl sie den Kindern immer erzählte, wie unhöflich so ein Benehmen sei. Sie starrte an ihr hoch und runter mit Augen, groß wie Untertassen, und schüttelte den Kopf. Sie konnte gar nicht aufhören mit Kopfschütteln.

Was war das für eine unmögliche Person, die da in den Speisesaal eingedrungen war mit ihrem Vogel und sich alle Kinder anschaute? Sie sollte wieder gehen; sie machte Fräulein Schimmel Angst! Wie die schon gekleidet war: derbe Schnürstiefel, die bei jedem Schritt kleine Sandhäufchen auf dem Boden hinterließen. Und dazu kurze Hosen! Fräulein Schimmel starrte auf die kräftigen Beine dieser Frau, die nackt und braun gebrannt die Reihen auf und ab gingen. Und dann dieses unmögliche Hemd mit großen Blumen darauf und eine Weste, deren Taschen sich beulten, als seien sie vollgestopft mit den absonderlichsten Dingen. Hatte sich da nicht sogar gerade was bewegt?

Fräulein Schimmel wimmerte.

Um den Hals dieser unzumutbaren Erscheinung baumelte ein Strohhut an einem Band. Sie hatte eine Nase wie der Schnabel eines Raubvogels und die Haare . . . nein, diese Haare! Stoppelkurz waren sie und standen vom Kopf ab wie eine Klobürste!

Fräulein Schimmels Nasenflügel blähten sich. Was für ein Albtraum!

»Kinder, es ist besser, ihr geht jetzt an eure Hausaufgaben«, winselte sie.

»Nein.« Die Frau betrachtete sie über den Rand ihrer runden Brille hinweg. »Die Kinder bleiben hier. Ihretwegen bin ich doch gekommen. Ich brauche ein zwölfjähriges Waisenkind und das hier sind doch Waisenkinder, oder? Na also.« Sie ging wieder ein paar Schritte weiter, ihre schweren Stiefel polterten auf dem Boden. Vor Carla mit dem Spitzmausgesicht blieb sie stehen. »Hallo«, sagte sie und lächelte. »Wer bist du denn?«

Carla fuhr hoch und wurde blass. »I-i-ich? Ich b-b-bin Ca-Ca-Ca. . .«

»Ist schon in Ordnung«, sagte die Frau und legte ihr eine Hand auf die Schulter. Carla glitt wieder in ihren Stuhl zurück und versuchte, sich unsichtbar zu machen.

Neben Carla saß Til. Er sah die riesige Frau furchtlos an.

Sie hob ihre Augenbrauen. »Und wer bist du?«

»Til«, sagte Til.

»Aha. Und magst du Tiere, Til? Große Tiere? Sehr große Tiere?«

»Ich hasse Tiere«, sagte Til und sah mit Abscheu auf den Vogel. »Ich mag nur Fahrzeuge. Trecker, Laster, Feuerwehrautos, Züge, Flugzeuge . . .«

»Ist gut, Til«, sagte die Frau und ging weiter.

Fräulein Schimmel flatterte am ganzen Körper. Sie hatte schon die Liste zwischen ihren Händen zerknüllt, auf der stand, dass Bendix heute Küchendienst hatte. Sie hatte sie in kleine Stücke gerissen und auf den Boden geworfen. Jetzt konnte sie sich nicht mehr beherrschen. »Sie!«, keifte sie quer durch den Speisesaal, »hören Sie auf, Sie! Sie! Sie! Was sagten Sie gleich, wie Sie heißen?«

»Ich sagte gar nichts«, sagte die Frau, während sie Hannah betrachtete, die aber eindeutig noch zu klein war. »Aber ich heiße Thekla Salmonis.«

»Frau Salmonis, Sie!« Fräulein Schimmel stach mit spitzem Zeigefinger in die Luft. »So geht das nicht! Sie können sich doch nicht einfach irgendein Kind hier aussuchen! Ich weiß ja nicht einmal, was Sie von ihm wollen!«

»Das wissen Sie nicht?« Jetzt drehte sich Frau Salmonis überrascht zu Fräulein Schimmel um. »Aber Sie müssen doch die Anzeigen gesehen haben! Sie waren schon zweimal in der Zeitung. Es hat sich nur leider niemand gemeldet.« Sie wandte sich wieder den Kindern zu. »Ich suche ein zwölfjähriges Waisenkind, das Tiere liebt und keine Angst hat vor großen und, hm, nun ja . . . sehr ungewöhnlichen Tieren. Natürlich muss das Kind ehrlich und zuverlässig sein und ordentlich mit anpacken können. Es gibt nämlich sehr viel Arbeit bei uns, aber die Aufgaben sind spannend und abenteuerlich. Und das Kind wird in unserem Haus leben, auf einer wunderschönen einsamen Insel in der Südsee.«

Jetzt war es still im Raum. Mucksmäuschenstill. So still, dass man eine Stecknadel hätte fallen hören können.

Dann sog Fräulein Schimmel scharf die Luft durch die Nase ein. »Soso. Und für wie lange brauchen Sie das Kind für Ihre – Aufgaben?«

Frau Salmonis lächelte sie an. »Für immer«, sagte sie.

Für immer.

Fast vierzig Kinder holten tief Luft. Und dann fingen sie alle gleichzeitig an zu rufen, zu raunen, zu zischeln und zu zwitschern. Der Vogel auf Thekla Salmonis' Schulter bekam einen Schreck und kleckste ein Häufchen auf die Weste von Thekla Salmonis.

Und Fräulein Schimmel? In ihrem Gesicht ging die Sonne

auf. Für immer – plötzlich begriff sie, was das bedeutete. Sie könnte eines dieser lästigen Kinder loswerden, vielleicht sogar eines von den besonders unausstehlichen – für immer. Mit einem Mal hatte sie wieder rote Flecken am Hals, aber diesmal leuchtete ihr ganzes Gesicht. Ihre Augen glitten hastig über die Reihen von Kindern. »Frau Salmonis«, zirpte sie, »das ist ja eine ganz und gar wunderbare Idee! Lassen Sie mich bei der Auswahl helfen! Schließlich kenne ich die Kinder.« Sie griff sich in die Frisur.

»Gern.« Frau Salmonis trat einen Schritt zurück und verschränkte die Arme vor ihrer Brust. »Das wollte ich gerade vorschlagen.«

»Also, dann wollen wir mal sehen . . .« Fräulein Schimmel legte einen Finger auf die Lippen und sah von einem Tisch zum anderen. Ihr Blick streifte Josefine mit den langen blonden Haaren und Emanuel mit den herrlichen roten Locken. Dann krauste sie die Stirn. Da war ein leerer Platz. Wer von diesen überflüssigen Taugenichtsen fehlte heute? Vielleicht einer der ganz besonders abscheulichen Jungen? Einer, den sie unbedingt für immer loswerden wollte? Sie zermarterte sich das Gehirn, aber sie kam nicht darauf. Da hörte sie ein lautes Rülpsen.

Sie fuhr herum und stieß einen Wutschrei aus. »Du nutzloser und überaus unnützer . . .« Ihr blieben die Worte im Hals stecken. Er war es. Ja, ganz genau der Bengel und kein anderer. Der Nichtsnutz dahinten, der gerade seine zehnte Hähnchenkeule in sich hineinstopfte. Vor den fettigen Haaren hatte sie sich schon immer geekelt.

»Frau Salmonis«, flötete sie und faltete die Hände. »Ich habe ein Kind, das haargenau auf Ihre Beschreibung passen würde! Ein zwölfjähriger Junge, der kräftig ist und ordentlich anpacken kann« (besonders schwächere Kinder packt er gern hart an), »Angst kennt er eigentlich gar nicht« (weil er alle anderen tyrannisiert) »und er liebt Tiere über alles« (auf jeden Fall, wenn sie gebraten oder als Würstchen vor ihm auf dem Tisch stehen). »Er ist einfach perfekt für Ihre einsame Insel!«

Thekla Salmonis' Gesicht hellte sich auf. »Oh, tatsächlich?« Sie sah sich suchend um. »Welches der Kinder ist es denn?«

Fräulein Schimmels Grinsen zog sich von einer Haarnadel zur anderen.

»Chris, kommst du bitte einmal her?«

4.

Bendix war gerade eingeschlafen, als ein Geräusch ihn wieder hochschrecken ließ. Was war das? Die Stimme von Chris! Chris war draußen vor der Tür!

Sofort fing Bendix' Herz an zu hämmern wie verrückt. Warum, zum stacheligen Ankylosaurier, war Chris nicht im Hausaufgabenraum wie alle Kinder nach dem Mittagessen?

Bendix warf sich die Decke über den Kopf und traute sich nicht zu atmen. Aber sein Herz schlug so laut wie ein Presslufthammer. Es würde ihn bestimmt verraten. Er spürte, dass ihm wieder übel wurde.

Chris war nicht allein. Er redete mit jemandem. Wer war es? Der große und der kleine Philipp? Kamen sie, um ihn noch weiter zu quälen?

Bendix kniff die Augen zusammen.

Die Tür zum Schlafraum wurde aufgestoßen.

». . . strampelte und strampelte, aber er kam nicht ans Ufer«, hörte Bendix Chris' Stimme. »Was sollte ich tun? Ich bin natürlich sofort hinterhergesprungen. Der arme Hund wäre ja sonst ertrunken. Aber es war so kalt und die Strömung riss mich weg wie nichts. Ich musste um mein Leben kämpfen. Zum Glück konnte ich mich ans Ufer retten und meinen Dani auch. Aber hinterher lag ich drei Wochen lang mit Lungenentzündung im Bett.«

»Das war sehr mutig von dir, Chris«, sagte eine fremde Frauenstimme.

Bendix lauschte. Was war da los? Wer war die Frau? Und was sollte die Geschichte von der mutigen Rettung? Bislang hatte Chris doch immer nur damit geprahlt, wie er früher mit seinem Hund Dani Hubschrauber gespielt hatte. Wie er ihn über seinem Kopf an der Leine herumgeschleudert hatte, wieder und wieder . . . und schließlich losgelassen.

Bendix schob sich zum Rand der Bettdecke und linste darunter hervor. Er sah ein paar Stiefel und zwei nackte Beine. Daneben erkannte er Chris. Die Tür des Kleiderschranks wurde aufgerissen. Ein Stapel Kleidung landete in einem Koffer am Boden.

»Vor größeren Tieren hab ich auch keine Angst.« Chris warf eine Handvoll Socken in den Koffer. »Einmal habe ich einen Stier mit bloßen Händen eingefangen. Er war ausgebrochen, rannte herum und brüllte wie verrückt. Niemand durfte in seine Nähe kommen. Aber ich habe ihn wieder eingefangen und zurück auf die Weide gebracht.«

»Soso. Du scheinst ein Händchen für Tiere zu haben«, sagte die fremde Stimme.

Bendix schüttelte unter seiner Decke den Kopf. Was war da los? Warum packte Chris seinen Koffer? Was sollten diese abenteuerlichen Lügengeschichten? Und wer, zum entenschnabeligen Parasaurolophus, war diese Frau?

Bendix steckte seinen Kopf unter der Bettdecke hervor. Er wollte unbedingt mehr sehen. Es raschelte und die Frau drehte sich um. Sie war sehr groß und hatte ein freundliches, braun gebranntes Gesicht mit vielen Lachfalten. »Da ist ja noch jemand«, sagte sie.

»Oh, äh . . .« Bendix merkte, dass er rot wurde. »Guten Tag«, sagte er schnell und rappelte sich auf. Wie peinlich!

»Das ist nur Bendix Brodersen, die Schnarchnase.« Chris feixte übers ganze Gesicht. »Der liegt mitten am Tag im Bett. Na, Bendix, tut dein Bauchi mal wieder weh? Hähähä!«

Bendix biss sich auf die Lippen. Sicherlich leuchtete sein Kopf wie eine Tomate. Er senkte den Blick.

»Du hast Glück, du Wicht«, fuhr Chris fort, während er eine Familienpackung Schokoriegel in den Koffer stopfte, »ich ziehe aus und werde für immer auf einer einsamen Insel in der Südsee leben. Aber du kannst mir ja mal eine Postkarte schreiben.« Mit Schwung klappte er den Koffer zu.

Wie? Chris zog aus? Plötzlich war Bendix hellwach. »Auf einer . . . auf einer einsamen Insel? In der Südsee?« Er rieb sich die Augen. »Aber . . . aber warum denn?«

»Warum?« Chris grinste so breit, dass seine Augen in den Speckröllchen seines Gesichts verschwanden. »Weil ich keine Pfeife bin so wie du, sondern ein mutiger Junge, der keine

Angst kennt und anpacken kann. Deswegen bin ich ausgesucht worden für eine ganz besondere Aufgabe. Ich werde auf einer Insel in der Südsee leben und mich um große und sehr ungewöhnliche Tiere kümmern. Und du wirst hierbleiben, du Wicht! Hähähä!« Breitbeinig stand Chris vor Bendix' Bett.

Bendix schüttelte den Kopf. Er konnte es gar nicht glauben. Chris würde gehen und niemals wiederkommen? Bendix musste ihn nie, nie wiedersehen? Er schluckte. Wenn das wahr war . . . wenn das wirklich wahr war . . . Bendix schluckte ein weiteres Mal. Eigentlich hätte er jetzt überglücklich sein sollen, oder? Aber warum hatte er dann diesen dicken Kloß im Hals?

»Tschüss, du Pfeife. Grüß Fräulein Schimmel von mir, wenn du sie siehst! Hahaha! Ha-haaa!« Chris' Bauch hüpfte auf und ab vor Lachen. Dann beugte er sich hinunter und griff nach seinem Koffer.

Und da sah Bendix ihn. Er sah den Vogel auf der Schulter der großen Frau sitzen und er hatte das Gefühl, alles Blut aus seinem Körper rauschte in seine Füße. Aber in der nächsten Sekunde schon schoss es zurück in Bendix' Gehirn. Er öffnete den Mund und schnappte nach Luft wie ein Ichthyosaurus auf dem Trockenen. »Das . . . das . . . das . . .« Er zeigte auf das Tier, unfähig zu sprechen.

»Da sehen Sie mal!« Chris verdrehte die Augen. »Der Trottel hat sogar Angst vor einem Vogel.«

Bendix hörte es nicht. Plötzlich drückten Tränen seinen Hals zusammen und er musste wieder schlucken, wieder und wieder, damit die Tränen nicht in seine Augen stiegen und über sein Gesicht liefen. Er starrte den Vogel an, diesen fremden Vogel mit den grün schillernden Federn und dem viel zu langen Schwanz. Groß war er nicht, so groß wie eine Taube ungefähr, und da er die Flügel angelegt hatte, sah man kaum die Krallen aus den Federn ragen, aber doch ... Es war unmöglich. Es war ein Traum. Das konnte einfach nicht möglich sein. Er war ausgestorben. Es gab ihn nicht mehr. Seit hundertfünfzig Millionen Jahren.

»Das ist ... das ist ein Archäopteryx«, wisperte er tonlos.

»Können wir dann los?« Chris' Koffer polterte über den Boden. »Ich bin fertig!«

»Einen Moment noch.« Die Frau wandte sich Bendix zu. »Entschuldigung, ich habe dich nicht verstanden. Was hast du gerade gesagt?«

Bendix holte tief Luft. »Ein Archäopteryx«, wiederholte er mit heiserer Stimme. »Sie haben einen Archäopteryx auf der Schulter sitzen.« Er merkte, wie seine Arme und Beine mehr und mehr zu zittern begannen. Er konnte es nicht unterdrücken.

Die riesige Frau lehnte sich zurück. »Stimmt«, sagte sie und klang sehr erfreut dabei. »Das ist Archibald, unser Archäopteryx.«

Als Archibald seinen Namen hörte, öffnete er seinen Schnabel und ließ ein durchdringendes Krächzen ertönen. Dabei sah Bendix zwei Reihen spitzer Zähne in seinem Schnabel.

»Aber das ist unmöglich.« Bendix schüttelte den Kopf. »Der Archäopteryx hat im Oberen Jura gelebt. Er ist seit hundertfünfzig Millionen Jahren ausgestorben! Es gibt ihn nicht mehr!« Er starrte auf den Archäopteryx auf der Schulter dieser seltsamen Frau. Die stemmte ihre Arme in die Seiten und legte den Kopf schief. Sie sah Bendix in die Augen. »Woher weißt du so viel über den Archäopteryx?«

»Wir können jetzt lo-hos!« Chris stieß mit seinem Koffer gegen die Zimmertür, dass es nur so krachte. »Ich bin so weit!«

Bendix beachtete ihn nicht. Er senkte den Kopf. »Ich weiß ziemlich viel über Dinosaurier und Urtiere«, sagte er mit leiser Stimme. »Weil ich nämlich später einmal Paläontologe werde. So wie meine Eltern es waren.«

Einen kleinen Augenblick lang war es still im Zimmer. Dann hob Bendix den Kopf wieder. »Auf Ihrer Insel in der Südsee . . . gibt es da . . . haben Sie da . . .?« Er nickte mit dem Kopf in Richtung des Archäopteryx.

Doch die fremde Frau legte nur einen Finger auf ihren Mund. »Pssst!« Sie machte ein geheimnisvolles Gesicht. Dann winkte sie Bendix zu. »Auf Wiedersehen, junger Mann! Ich wünsche dir alles Gute für die Zukunft! Sicherlich wirst du ein großartiger Paläontologe.« Die Tür klappte hinter Chris und der Frau zu und Bendix hörte nur noch Schritte und Stimmen, die sich entfernten. Dann hörte er gar nichts mehr. Es war still und kalt geworden in seinem Herzen, so eiskalt, dass er nicht einmal mehr weinen konnte. Chris war weg. Für immer und ewig. Auf einer Insel in der Südsee. Auf einer Insel, auf der es große und sehr ungewöhnliche Tiere gab. Sehr ungewöhnlich . . . so ungewöhnlich wie der Archäopteryx?

Bendix spürte, wie sein Herz sich zusammenzog. Er

krümmte sich. Chris, ausgerechnet Chris. Warum ausgerechnet Chris? Er war ein Tierquäler, ein Lügner, ein Tyrann ... warum hatte sie ihn ausgewählt?

Jetzt kamen die Tränen doch. Sie strömten über Bendix' Gesicht wie Wasserfälle. Er wischte sie nicht ab. Wozu auch? Er würde hierbleiben und versauern. Hier im Waisenhaus *Zur barmherzigen Einfalt.* Und Chris? Chris würde mit der fremden Frau und Archibald, dem Archäopteryx ... Bendix boxte verzweifelt in sein Kopfkissen, um den Gedanken abzuschütteln. In seiner Brust wütete ein Schmerz, heiß und brennend wie ein Buschfeuer. Am liebsten wäre er in diesem Moment tot gewesen, so tot wie seine Eltern. Er warf sich mit dem Gesicht auf sein Bett und weinte und weinte.

Daher hörte er erst im letzten Moment die Schritte vor der Tür. Hastig zog er sich die Decke über den Kopf. Keiner sollte ihn so sehen. Niemand.

Die Tür ging auf. Bendix hielt die Luft an, aber sein Körper wurde noch immer von Schluchzern geschüttelt. Wer kam denn jetzt schon wieder ins Zimmer? Warum konnten sie ihn denn nicht alle einfach in Ruhe lassen?

»Wo habe ich nur meinen Kopf?«, hörte er da plötzlich eine Stimme sagen. Er erkannte sie sofort. Warm rieselte es ihm in den Bauch. Es war die Frau. Die riesige Frau mit Archibald, dem Archäopteryx. Sie waren zurückgekommen.

»Bendix Brodersen, habe ich das richtig verstanden?«

Bendix wagte nicht, zu atmen oder sich zu bewegen. Aber dann hob er doch vorsichtig, ganz vorsichtig die Decke hoch und da stand sie wirklich. Sie lehnte sich über sein Bett. Archibald saß auf ihrer Schulter und beäugte ihn neugierig.

»Ja«, flüsterte Bendix. »Das haben Sie richtig verstanden.« Hastig wischte er sich mit dem Handrücken die Tränen vom Gesicht.

»Bendix Brodersen, der Sohn der Paläontologen Bror und Birke Brodersen? Die vor zwei Jahren in der Mongolei tödlich verunglückt sind?«

Jetzt konnte Bendix nur noch nicken.

Einen Augenblick lang sahen sie einander stumm in die Augen. Dann richtete die riesige Frau sich auf und schlug sich mit der Hand an die Stirn. »Was bin ich nur für eine tüddelige Tante! Da habe ich das richtige Kind genau vor meiner Nase und lasse es im Waisenhaus versauern. Bendix, sag mir, bist du zuverlässig?«

Bendix nickte.

»Kannst du ordentlich mit anpacken?«

Bendix nickte.

»Liebst du Tiere?«

Bendix nickte.

»Hast du auch keine Angst vor großen und sehr ungewöhnlichen Tieren?«

Bendix schüttelte den Kopf, dass seine Haare nur so flogen.

Die Frau lächelte. Freundlich sah sie in Bendix' Gesicht.

»Bendix, möchtest du mit mir kommen und auf einer einsamen Insel in der Südsee leben und arbeiten?«

»Ja, das möchte ich!«, rief Bendix und schon wieder schossen ihm Tränen in die Augen. Diesmal allerdings, weil so viel Glück durch seinen Körper zischte, dass es irgendwo wieder rausmusste. »Das möchte ich lieber als alles andere auf der Welt!«

»Dann pack deine Sachen, Bendix Brodersen! Und sei herzlich willkommen bei uns! Mein Name ist Thekla Salmonis.«

5.

Wie auf Watte schwebte Bendix aus dem Raum. Zum letzten Mal! Niemals wieder würde er dorthin zurückkehren. Er konnte es noch immer nicht glauben. War das alles nicht vielleicht doch nur ein wunderschöner Traum?

Aber direkt vor der Tür wurde er von der Wirklichkeit eingeholt. Denn dort stand Chris mit seinem Koffer, breit wie ein Triceratops, und versperrte ihm den Weg. Finster starrte er ihn an.

Bendix sah sich um. Thekla Salmonis war direkt hinter ihm. Sie lächelte ihm zu. »Auf die Idee hätte ich auch gleich kommen können, nicht wahr? Es gibt wirklich genug Arbeit auf unserer Insel für zwei Waisenkinder.«

Bendix ging fast in die Knie vor Schreck. »Chris kommt auch mit?«, japste er.

»Aber sicher. Chris und du. Ihr beide.« Munter summend ging Thekla Salmonis voran. »Wo geht es denn hier raus?«

Chris hob seinen Koffer an und rammte ihn Bendix in die Kniekehlen. »Das wirst du mir büßen, du Wicht! Du wirst noch danach winseln, wieder zurück ins Waisenhaus zu dürfen!«, raunte er Bendix ins Ohr. Dann stampfte er hinter Thekla Salmonis her.

Bendix sah ihm nach und rieb sich die Kniekehlen. Damit hatte er nicht gerechnet. Bei der Vorstellung, dass er Chris vielleicht niemals im Leben loswerden würde, schwindelte ihm.

Sie waren schon an der großen hölzernen Pforte des Waisenhauses angelangt, als Bendix noch etwas einfiel. Etwas, das so wichtig war, dass es ihm fast die Luft nahm.

»Ich habe noch etwas vergessen!«, stieß er atemlos hervor. »Ich komme sofort wieder!« Er stellte seinen Koffer ab und rannte los. Er flitzte den Gang entlang und die Treppe in den ersten Stock hoch, immer zwei Stufen auf einmal nehmend. Schnaufend lief er an den vielen graugrünen Türen vorbei, bis er die Tür zum Waschraum der Jungen erreichte. Er stieß sie auf. Niemand da. Gut so! Er schloss die Tür hinter sich. Dann hastete er hinüber zum Abstellraum. Einmal noch drehte er sich um, bevor er auch diese Tür öffnete. Der Geruch, der ihm entgegenschlug, ließ Bendix fast würgen. Scharfe Putzmittel und vergammelte Wischlappen. Egal. Mit zitternden Fingern schob er die Eimer beiseite und kniete sich hin. Und dort, unter dem untersten Regalbrett, ganz hinten in der Ecke, war eine Fliese locker. Mit den Fingernägeln zog er sie aus der Wand. Es war zu dunkel, um etwas zu sehen, aber seine Finger wussten, wonach sie suchten. Sie griffen in irgendetwas Weiches. Ihm lief eine Gänsehaut den Rücken hinunter. Und dann stießen sie auf die festen Umrisse eines Pappkartons. Bendix fiel ein Stein vom Herzen. Da war er. Sein Schatz!

Vorsichtig zog er den Karton aus seinem Versteck. Er presste ihn an die Brust. Dann öffnete er den Deckel.

Die Allosaurus-Kralle lag ganz oben. Trotz des schlechten Lichts glänzte sie schwarz. Bendix nahm sie in die Hand. Er atmete tief durch.

Schließlich legte er die versteinerte Kralle zurück in den Karton und strich noch einmal mit dem Finger darüber. Dann schloss er den Schuhkarton wieder und rannte, so schnell er konnte, zurück zum Eingang.

Mit dem Taxi fuhren sie zum Bahnhof, mit dem Zug in die nächste große Stadt. Dort brachte sie ein Bus zum Flughafen. Von hier flogen sie nach Spanien.

Und irgendwann, noch viel später, saßen sie in einem Flugzeug, das sie über den Atlantik flog. Nach Quito in Ecuador. Quito! Das klang nach südländischen Früchten, dunkelhäutigen Menschen, bunten Farben, fremden Gerüchen . . .

Bendix wusste nicht mehr, wie lange sie schon unterwegs waren. Draußen war es dunkel. Die Motoren des Flugzeuges brummten ruhig durch die Nacht. Ansonsten war es ziemlich still. Die meisten Leute schliefen. Ein paar Reihen weiter vorn lief ein Film auf einem großen Bildschirm, aber Bendix hörte nichts, da er keine Kopfhörer auf den Ohren hatte. Er saß am Fenster und sah hinaus. Eine schmale Mondsichel schien auf die dichten Wolken weit unter ihnen.

»Bendix«, sagte Thekla Salmonis neben ihm.

Bendix wandte ihr den Kopf zu.

»Was hast du eigentlich in deinem Karton? Das muss ja etwas ganz Besonderes sein. Du hast ihn nicht aus den Händen gelassen, seitdem du ihn im Waisenhaus geholt hast.«

Bendix warf einen Blick hinüber zu Chris. Der saß auf der anderen Seite von Thekla Salmonis und schnarchte. Einen kleinen Moment lang zögerte er. Dann öffnete er den Karton. Seine Finger schlossen sich um die Allosaurus-Kralle und hoben sie vorsichtig heraus.

Thekla Salmonis pfiff leise durch die Zähne. Behutsam strich sie über die Versteinerung. Bendix ließ sie nicht los und Thekla griff nicht danach.

»Von deinen Eltern?«, fragte sie schließlich.

Bendix nickte. »Ja. Von meinen Eltern.«

»Sie ist wunderschön.« Thekla Salmonis senkte die Hand. »Ein ganz außergewöhnliches Fossil. Wir müssen gut auf sie achtgeben.«

Bendix nickte wieder. Ja, vor allen Dingen er selbst würde besonders gut auf sie achtgeben.

Er legte die Kralle zurück in den Schuhkarton und schloss den Deckel.

Dann blickte er wieder aus dem Fenster und lauschte dem Brummen der Motoren.

Die Nacht war lang, denn wegen der Zeitverschiebung wurden ihnen acht Stunden geschenkt. Als sie am Flughafen von Quito aus dem Flugzeug stiegen, war die Morgendämmerung noch nicht mehr als ein rötlicher Streifen am Horizont. Bendix fröstelte. Seit gestern hielt er seinen Karton ohne Pause an die Brust gepresst.

Hinter ihm polterte Chris die Gangway hinunter. »Sind wir bald da? Ich hab's so langsam satt: rein in das Flugzeug, raus aus dem Flugzeug. Mann! Und wann gibt's endlich Frühstück?«

Thekla Salmonis führte sie sicher durch den Flughafen. Kreuz und quer gingen sie durch riesige Hallen, durch endlose Gänge und an Schaltern vorbei. Es wimmelte vor Menschen, die hin und her und kreuz und quer wuselten und offensichtlich alle wussten, wo sie hinwollten. Endlich kamen sie an eine Reihe kleiner Geschäfte, die trotz der frühen Stunde schon geöffnet waren.

»Gibt es hier was zu essen?« Hoffnungsvoll spähte Chris in ein Schaufenster.

»Wir haben bereits im Flugzeug gefrühstückt. Unsere nächste Mahlzeit gibt es erst auf der Insel.« Thekla Salmonis' Stimme duldete keinen Widerspruch.

Chris fielen fast die Augen aus dem Kopf. »Im Flugzeug? Das war doch kein Frühstück! Das war ja kaum was für den hohlen Zahn! Ich hab Hunger!«, jammerte er.

»Du wirst dich an unsere Mahlzeiten gewöhnen müssen.« Thekla Salmonis klang sehr bestimmt und ihre Augen glitten einmal an Chris hoch und runter. Archibald drehte ebenfalls den Kopf und starrte Chris an.

Chris schnaubte.

»Ich werde euch hier geeignete Kleidung für die Arbeit

auf der Insel kaufen. Und dann fliegen wir weiter nach Baltra.«

»Baltra? Ist das unsere Insel?« Bendix trat einen Schritt vor. Seine Augen leuchteten.

»Nein«, sagte Thekla Salmonis. »Baltra gehört zu den Galapagosinseln. Von dort aus ist es noch ein ganz schönes Stück bis zu unserer Insel. Ah, hier ist das Bekleidungsgeschäft. Kommt, Jungs, ich werde euch erst einmal einkleiden.« Sie drückte eine Tür auf und betrat den Laden. Eine Glocke bimmelte.

Chris blieb stehen. Er hatte die Fäuste geballt. »Baltra! Die alte Gewitterziege hat sie ja wohl nicht mehr alle!«, fauchte er. »Schleppt uns hier durch die halbe Welt, rein und raus, raus und rein, anstatt uns direkt auf ihre blöde Insel zu fliegen! Wenn mein Vater noch leben würde, der hätte sich mit mir ins Flugzeug gesetzt und ssst! ohne dämliche Zwischenlandungen sofort ans Ziel geflogen! Aber das kriegt die verkalkte Spinatwachtel natürlich nicht auf die Reihe!«

Bendix war auch stehen geblieben. Er spürte auf einmal eine Wut in sich aufsteigen, eine Wut, die aus seinem Bauch durch seine Brust schoss und zwischen seinen Zähnen herausbrechen wollte. Fast hätte er Chris angeschrien, zum allerersten Mal, aber nur fast. Dann schluckte er die Wut doch wieder hinunter.

Stattdessen trat Thekla Salmonis jetzt aus der Tür nach draußen. Sie blickte auf Chris hinab und sah überhaupt nicht mehr freundlich aus. »Erstens«, sagte sie, »solltest du dir merken, dass ich Ohren habe wie ein Luchs. Zweitens solltest du dir merken, dass du die Gründe für das, was ich tue, niemals anzweifelst. Und drittens«, jetzt wurde ihr Blick so scharf wie ihre Raubvogelnase, »solltest du dir merken, dass du niemals – und damit meine ich NIEMALS – wieder so über mich redest. Solltest du dir das alles nicht merken können, wirst du für den Rest der Reise sitzen und alles aufschreiben. Und zwar ohne Fehler in Schönschrift. Kannst du dir das merken? Jetzt kommt mit!«

Chris zitterte. Sein Gesicht war blaurot angelaufen, er sah aus, als platzte er gleich. Aber er sagte keinen Ton. Mit zusammengepressten Lippen betrat er hinter Thekla Salmonis den Laden.

Bendix aber stand noch einen Augenblick reglos vor der Tür. Er konnte nichts dafür, dass er einfach nicht aufhören konnte zu grinsen.

Im Spiegel sah Bendix einen fremden Jungen. Aus den Schnürstiefeln, drei Nummern zu groß, ragten dünne Beine, die zum Glück ziemlich bald in einer Hose in Tarnfarben verschwanden. Staunend untersuchte er die kleine Gürteltasche, setzte den Hut auf den Kopf und sah sich durch die neue Sonnenbrille an. »Cool!«, flüsterte er sich zu.

Chris dagegen war noch lange nicht so weit. Er schimpfte in der Umkleidekabine vor sich hin.

Thekla Salmonis verdrehte die Augen. »Größere Kindergrößen gibt es aber nicht, Chris. Ich kann dir noch eine Männerhose geben, aber dann wirst du selbst die Hosenbeine umnähen müssen. Dafür habe ich nicht auch noch Zeit.« Sie zog den Vorhang der Kabine zurück und Chris quiekte auf.

»Nun komm schon raus, damit ich dich sehen kann.« Sie

griff Chris' Arm und zerrte ihn ins Licht. Als sie ihn losließ, sah sie ehrlich bekümmert aus. »Nein. Nein, das geht wirklich nicht. Dich müssen wir erst einmal auf Diät setzen. Und dabei habe ich meine Schwester Popeline gebeten, zur Feier des heutigen Tages ein Festessen zuzubereiten. Gebackener Knurrhahn auf Chilibananen. Hmmm! Aber ich fürchte, du wirst dich erst einmal mit Seegurke im Algenwickel begnügen müssen. Für die nächsten drei Monate.«

Chris' Augen weiteten sich vor Entsetzen. Er öffnete und schloss den Mund wie ein Fisch, aber es kam kein Ton heraus. Dann schien ihm wieder die Kleidung einzufallen, die er trug, und er versuchte vergeblich, das viel zu enge Hemd über seinen Bauch zu ziehen.

Das endlose Blau des Pazifik glitzerte im Sonnenlicht. Bendix konnte sich nicht sattsehen. Bis zum Horizont nur Blau, Blau, Blau mit winzigen weißen Schaumkronen. Dann, irgendwann, tauchten die Inseln in der Ferne auf. Die Galapagosinseln. Eine Menge vulkanischer Felsen, wenige große, viele, viele kleine.

Bendix presste sein Gesicht an die Scheibe. Sie beschlug unter seinem Atem und er wischte mit der Hand darüber. Er wollte nichts verpassen.

Das kleine Flugzeug flog einen weiten Bogen und kam der Wasseroberfläche immer näher. Bendix hielt den Atem an. Wo wollte der Pilot landen? Unter ihnen war doch nichts als Wasser!

Im letzten Augenblick tauchte die Landebahn vor ihnen auf. Die Maschine setzte auf und kam schnell zum Stehen.

Als die Passagiere hinaustraten, war es heiß und stickig. Bendix setzte seinen neuen Hut auf. Er hätte tanzen und springen können vor Glück.

Sie stiegen in einen Hubschrauber um. Plötzlich fühlte Bendix sich wie ausgedörrt und er konnte kaum mehr einen Fuß vor den anderen setzen. Alles Blut war aus seinem Kopf gewichen. Übelkeit kroch in ihm hoch. Er hielt sich am Einstiegsgriff fest.

»Na, du Pfeife!«, zischte Chris hinter seinem Rücken. »Jetzt machst du dir vor Angst in die Hose, was? Ich sag dir eins, du Wicht: Die großen Tiere werden dich fressen. Uuuaaah!« Er lachte hämisch und kletterte an Bendix vorbei in den Hubschrauber.

Bendix biss sich auf die Lippen. Er holte tief Luft und zog sich dann mühsam nach oben, wobei er das Gefühl hatte, in ein tiefes schwarzes Loch gesaugt zu werden.

»Bendix! Geht es dir nicht gut?« Thekla Salmonis' Stimme hörte sich besorgt an. Gleich darauf schlug sie sich gegen die Stirn, dass Archibald fast das Gleichgewicht verlor und laut krächzte. »Ach, ich tüddelige Tante! Wie konnte ich nur vergessen, dass deine Eltern bei einem Hubschrauberunfall ums Leben gekommen sind! Leider gibt es keinen anderen Weg auf die Insel Ohauéhauéha. Glaubst du, du schaffst es, Bendix?«

Bendix nickte, die Zähne aufeinandergepresst. Aber er hatte das Gefühl, jemand hielte seinen Körper umschlungen und wollte ihn ins tiefe schwarze Meer ziehen.

Während des Fluges sah er die Gesichter seiner Eltern vor

sich, die ganze Zeit über. Es war zu laut, um sich zu unterhalten, und das war gut so. Bendix drückte seinen Schatz fest an seine Brust. Der Schatz – das Einzige, was ihm von seinen Eltern geblieben war außer den Erinnerungen.

Als der Hubschrauber endlich gelandet war und er wieder festen Boden unter den Füßen hatte, verließ Bendix den Landeplatz, ohne sich auch nur noch einmal umzudrehen.

Das letzte Stück dann war ein Kinderspiel: In einer Bucht auf der Insel Ohauéhauéha lag schon ein kleines Boot vor Anker und wartete auf sie. Es tanzte auf den Wellen, als wolle es Achterbahn fahren. Am Steuer der *Iguana* stand ein Seebär mit rotem Vollbart und Pfeife im Mund.

Thekla Salmonis sprang vom Holzsteg aus mit einem Satz in das bunt bemalte Boot, sodass es noch viel mehr schaukelte.

Bendix und Chris kletterten vorsichtig hinterher.

»Darf ich vorstellen: Das ist mein Mann, Knut Salmonis. Früher war er Kapitän eines Frachtschiffs, heute bewirtschaftet er mit mir unsere Insel Floribunda.« Thekla Salmonis drückte ihrem Mann einen schmatzenden Kuss auf die Stirn, denn sie war fast einen Kopf größer als er. Archibald klammerte sich krächzend an ihre Schulter und flatterte mit den Flügeln.

Und Chris erbrach sich über die Reling.

»Na, na, Junge, hast du denn gar keine Seemannsbeine?«, knurrte Knut Salmonis. »Wir haben doch noch nicht einmal abgelegt. Was meinst du, wie der Seegang erst da draußen sein wird, hinter der Lagune!« Und dann lachte er dröhnend, wobei er sich auf die Schenkel schlug.

Chris drehte sich um und starrte Knut Salmonis entsetzt an. Er sah nicht gut aus. Sein Gesicht war ganz grün. So grün wie die Palmen und Farne, die hier bis an den Strand hinunterwuchsen. Die die Hänge der Vulkane bedeckten, deren Gipfel in Kränzen aus schneeweißen Schäfchenwolken verschwanden.

Bendix atmete tief ein und schmeckte die salzige Seeluft. Er konnte gar nicht genug bekommen von den Farben der Südsee. Der Himmel war viel blauer als zu Hause. Der Strand war so weiß, dass er ihn blendete, als würde man direkt in die Sonne schauen. Was ihn auch immer auf der Insel Floribunda erwartete, Bendix wollte da sein und helfen. Er würde mit anpacken und hart arbeiten. Es kribbelte ihm jetzt schon in den Fingern!

Knut Salmonis trug die Koffer der Kinder an Bord und verstaute sie ganz vorne im Bug. Anschließend warf er den Motor an. Der Außenborder knatterte, qualmte und stank nach Diesel, aber auch diesen Geruch sog Bendix begierig ein. Und dann setzte sich das kleine Boot in Bewegung, auf ihrer letzten Etappe von Ohauéhauéha nach Floribunda. Floribunda ... wie das schon klang! Nach riesigen Blütenmeeren, die so dufteten, dass man in ihnen versinken wollte! Bendix setzte sich an die Reling und beugte sich zum Wasser hinunter, wollte in die glitzernde Gischt greifen, die zu ihm aufspritzte. Schemenhaft sah er bunte Schatten vorbeihuschen.

»Äh, Junge«, knurrte Knut Salmonis.

Bendix sah auf. Meinte er ihn? Knut Salmonis nickte ihm zu.

»Keine gute Idee.« Die Pfeife zwischen seinen Zähnen

wippte beim Sprechen auf und ab. »Gleich sind wir auf dem offenen Meer. Da wimmelt es nur so von Haien. Also behältst du von nun an besser deine Flossen an Bord.« Er nickte noch einmal, dann schaute er wieder nach vorn.

Chris' Augen quollen fast aus seinem Kopf. »Ha. . . Ha. . . Haie?« Sein Gesicht wurde noch grüner als vorher. Er sah aus wie ein Laubfrosch. Grün mit Glubschaugen. Dann stürzte er zum Bootsrand, klammerte sich fest und erbrach den Rest seines Frühstücks in die schäumenden Fluten.

»Das würde ich nicht tun.« Bendix rückte ein Stück von ihm ab. »Damit lockst du die Haie erst richtig an. Die lieben Kotze, glaub mir!«

Chris starrte ihn an. Sabber lief ihm übers Kinn. Sein Mund stand weit offen. »Du lügst!«, kreischte er.

Bendix wich noch ein Stück zurück. Er zuckte die Schultern. »Mir egal, was du denkst. Aber ich habe dahinten schon die ersten Rückenflossen gesehen.« Er zeigte auf das Meer hinter Chris. Und drehte den Kopf weg, weil er sich das Grinsen nicht mehr verkneifen konnte.

Die Gipfel der Vulkankette wurden kleiner und kleiner, bis sie am Horizont verschwanden. Jetzt gab es nur noch den Pazifik um sie herum. Wasser in allen Richtungen, so weit man schauen konnte. Und Bendix schaute. Er schaute in die schäumenden Wellen, auf denen das Boot hier draußen komischerweise viel ruhiger dahinglitt als in der Lagune von Ohauéhauéha. Er schirmte die Augen mit der Hand ab, um einer Gruppe von Delfinen hinterherzusehen, die mit spielerischer Leichtigkeit das Boot überholten. Ganz dicht schwammen sie vorbei und sprangen dabei aus dem Wasser, als wollten sie die *Iguana* zu einem Wettrennen auffordern.

Bendix ließ sich den Wind um die Ohren wehen. Am liebsten hätte er geschrien, so viel Leben fühlte er in sich.

In der Ferne vor ihnen tauchten ein paar winzige Felseninseln auf und verschwanden wieder in der Ferne hinter ihnen. Dann wurden es mehr und mehr kleine Inseln, einige von ihnen grün bewachsen, andere kahl.

»Wann sind wir endlich da?«, jammerte Chris. Er sah noch immer blass und elend aus. »Immer nur Wasser und Wasser. Ich glaube, diese blöde Insel gibt es überhaupt nicht.«

»Oh doch, es gibt sie.« Thekla Salmonis setzte sich zwischen Bendix und Chris. »Und sie ist der wunderbarste Ort des ganzen Pazifiks. Dabei ist sie glücklicherweise so klein, dass sie auf keiner Karte der Welt verzeichnet ist. Sie gehört zu keinem Land der Erde, niemand außer uns kennt ihren Namen. Es gibt nur ganz wenige Menschen, die von der Existenz Floribundas wissen. Sie alle leben auf der Insel. Und jetzt gehört auch ihr mit dazu.« Die letzten Worte hatte sie so leise gesprochen, dass sie kaum zu hören waren im Rauschen von Wind und Wasser und dem Knattern des Motors. Aber Bendix hatte sie gehört und sein ganzer Körper fing an zu kribbeln und zu prickeln vor Glück.

Chris hingegen sah aus, als müsse er sich schon wieder übergeben. Er stöhnte und ächzte und presste sich die Hände aufs Gesicht.

»Da ist sie übrigens.« Thekla Salmonis wies über die Reling nach vorn. »Floribunda.«

Bendix sprang auf. Der Wind nahm ihm den Atem und trieb ihm Tränen in die Augen. Im Gegenlicht der Sonne sah er einen einzelnen Bergkegel aus dem endlosen Ozean aufragen. Floribunda.

Er konnte nicht mehr stillsitzen. Am liebsten wäre er ins Wasser gesprungen und das letzte Stück geschwommen, pfeilschnell wie ein Delfin. Oder geflogen, wie die Seevögel über seinem Kopf. Er schaute nach oben. Plötzlich war der ganze Himmel voller Möwen und Albatrosse, die schrien und kreischten und kreuz und quer flogen. Neben dem Boot tauchte eine Felseninsel auf, auf der es nur so wimmelte von Vögeln. Die Luft war ein einziges Geflimmere und Gekeife. Einzelne Vögel schossen hinunter ins Wasser, um mit einem Fisch im Schnabel wieder aufzutauchen.

»Ah, du verdammtes Biest!«

Bendix drehte sich zu Chris um.

»Das wirst du mir büßen! Ich drehe dir den Hals um! Und dann kommst du in den Backofen!« Chris wischte wie wild in seinen Haaren herum. Dadurch verschmierte er den Klecks Vogelkacke allerdings nur noch mehr. »Grins nicht so blöd, du Pfeife!«, fuhr er Bendix an.

Bendix drehte sich zurück. Und da sah er ihn. Den riesigen Schatten unter der Wasseroberfläche. Plötzlich war er da. Er schoss in die Höhe wie ein Torpedo. Und dann war da nur noch das ungeheure Maul mit den spitzen Zähnen, die einen ganzen Albatros aufspießten wie ein Partywürstchen. Der gigantische Körper mit zwei Paar Flossen, jede einzelne größer als die *Iguana*, klatschten auf das Wasser zurück. Und der Schwanz verschwand in der Tiefe. Ein Schwanz ohne

Schwanzflosse. *Es hatte keine Schwanzflosse.* Es war weder ein Wal noch ein Fisch. Es war ein ... es war ein ...

»Aaah! Hilfe! Helft mir! Mamiiii! Ich will nach Hause! Ich will zurück!«

Aber niemand beachtete Chris, der sich heulend am Boden wälzte. Alle starrten auf die Stelle, an der der Gigant eben wieder im Meer verschwunden war. Noch immer stiegen Bläschen auf und das Wasser brodelte wie nach einer Seeschlacht. Die Vögel hatten fluchtartig Reißaus genommen. Nur langsam kehrten sie jetzt wieder auf ihren Felsen zurück. Ihr Gekreische übertönte das Gejammere von Chris.

»Beim Klabautermann, das war knapp.« Knut Salmonis hatte den Motor der *Iguana* gedrosselt. Er kratzte sich am Kopf. Zum ersten Mal hatte er seine Pfeife aus dem Mund genommen. »Ein paar Fuß weiter steuerbords und wir wären jetzt Fischfutter.«

»Das war kein Fisch«, würgte Bendix heraus. Er drehte sich zu Thekla und Knut Salmonis herum. »Das war kein Fisch!«, schrie er. »Es war ein Pliosaurier. Ein Pliosaurier! Da bin ich mir ganz sicher! Ein Kronosaurus, glaube ich.« Er zitterte am ganzen Körper.

Thekla Salmonis wechselte einen Blick mit ihrem Mann. Täuschte Bendix sich oder lächelten sie sich an? Er biss die Zähne zusammen, damit sie nicht so klapperten.

»Du hast recht.« Jetzt lächelte Thekla Salmonis wirklich. »Es war ein Pliosaurier. Allerdings kein Kronosaurus. Was wir gerade gesehen haben, war ein Liopleurodon, und zwar das größte Tier, das mir jemals über den Weg geschwommen ist.«

Bendix hatte das Gefühl, ihm sackten die Beine unter dem Körper weg. »Aber«, flüsterte er und sein Mund fühlte sich so trocken an, als wäre er voller Sand, »aber der Liopleurodon hat im Oberen Jura gelebt. Er ist seit hundertfünfzig Millionen Jahren ausgestorben!«

Thekla Salmonis legte ihm die Hände auf die Schultern. Einen Augenblick lang sah sie ihn nur an. Dann sagte sie: »Herzlich willkommen auf Floribunda, Bendix Brodersen!«

6.

Niemand sagte etwas, als sie in die Bucht einfuhren. Links und rechts streckten sich zwei Landzungen weit ins Meer hinein, die eine felsig und bewaldet, die andere flach und sandig. Nur ein paar Palmen und niedriges Gestrüpp wuchsen hier und boten Schutz vor dem offenen Meer.

Bendix sah das Haus schon von Weitem. Es lag auf einer kleinen Anhöhe in einem Garten, in dem die buntesten Pflanzen wucherten und blühten. Dagegen wirkte das Haus selbst eher farblos. Ein braunes Holzhaus, gut versteckt zwischen Bäumen.

Das ganze Grundstück war eingezäunt. Fast bis zum Strand hinunter verlief ein hoher Holzzaun und dann wieder zurück bis hinter das Haus.

Bendix' Herz schlug bis zum Hals. Seine Hände umklammerten den Rand des Bootes. Floribunda. Das also war die Insel Floribunda, auf der er leben sollte. Für immer! Er schloss die Augen, dann öffnete er sie wieder. Die Insel war noch immer da.

Die *Iguana* fuhr durch kristallklares Wasser, das immer flacher wurde. Schließlich legte Knut Salmonis an einem kleinen Steg an und stellte den Motor aus. Jetzt gluckerten nur noch die kleinen Wellen, auf denen das Boot sanft schaukelte.

»So, da wären wir!« Thekla Salmonis rieb sich die Hände. »Mann, bin ich froh, wieder zu Hause zu sein. Dieses Gereise durch die ganze Welt ist nichts für mich. Kommt, Jungs! An Land mit euch!«

Das ließ Bendix sich nicht zweimal sagen. Er sprang auf den Bootssteg, seinen Schatz an die Brust gepresst. Seine Beine fühlten sich komisch an nach der Zeit auf dem Wasser. Ganz wackelig. Fast hatte er das Gefühl, der Boden unter seinen Füßen schwankte immer noch.

Chris wälzte sich über den Bootsrand und blieb auf den Holzbrettern liegen.

»Eure Koffer, Jungs!« Knut Salmonis wuchtete das Gepäck aus dem Bug und stellte die beiden Koffer mit Schwung auf den Steg. »Am besten, ihr bringt sie gleich ins Haus. Ich muss noch ein bisschen am Motor werkeln.«

»Jaja, am Motor!« Seine Frau verdrehte die Augen. »Typisch Knut. Werkel du nur am Motor, aber vergiss nicht, dass wir in einer halben Stunde essen!« Sie sprang nun ebenfalls aus dem Boot. »Kommt mit, ihr beiden! Ich zeige euch euer neues Zuhause!« Und mit großen Schritten marschierte sie voran. Bendix griff nach seinem Koffer und stolperte hinterher, so schnell er konnte. Der Steg endete in weißem Sand, auf dem große Steine als Trittplatten lagen. Der Sand ging in struppiges Grün über, das den Boden bedeckte, und dann öffnete Thekla Salmonis den schweren Riegel des Gartentores und stieß es auf.

Bendix betrat das Grundstück dahinter. »Boah!« Er drehte sich nach rechts, dann nach links. Das war ja ein Urwald! Ein schmaler Pfad schlängelte sich durch ein dichtes Gestrüpp aus Büschen und Bäumen, die voller Früchte hingen. Überall schwirrte es vor Insekten und die vielen unterschiedlichen Düfte benebelten Bendix fast. »Wahnsinn!«

»Dieser Garten versorgt uns mit allem, was wir brauchen. Hier unten haben wir Obstbäume, Banane und Mango zum Beispiel, weiter oben wachsen dann Lebensmittel wie Süßkartoffeln, Brotfrucht, Kakao und Kaffee. Chris, wo bleibst du? Wir warten!«

Ächzend und schnaufend stampfte Chris über das Strandkraut. Er zerrte seinen Koffer hinter sich her. Schweißperlen liefen über sein Gesicht.

»Komm schnell, ich muss das Tor wieder schließen. Sonst bekommen wir noch unliebsamen Besuch.« Ungeduldig wedelte Thekla Salmonis mit der Hand.

Chris zuckte zusammen. Mit gesenktem Kopf sah er sich hastig in alle Richtungen um. Dann beeilte er sich, auf das Grundstück zu kommen.

Es ging bergauf. Der ganze Weg bis zum Haus führte bergauf. Mal schlängelte er sich rechts an einem Strauch vorbei, mal mussten sie nach links ausweichen, aber immer ging es bergauf. Nach wenigen Minuten wurden die Büsche niedriger, zu beiden Seiten lagen jetzt kleine Felder. Es duftete nach Vanille und Schokolade. Ein paar Kokospalmen ragten verstreut aus den Feldern hervor und warfen spärliche Schatten. Links von ihnen stand ein Schuppen und daneben entdeckte Bendix ein Gehege mit Hühnern, die an den Zaun liefen und gackerten, als die kleine Gruppe vorbeiging. Rechts und links vor ihnen wucherte ein Farbenmeer an Blumen mit riesigen Blüten und dann stiegen sie drei Stufen zu einer Veranda hoch. Thekla Salmonis öffnete die Tür des braunen Holzhauses, das Bendix schon vom Wasser aus gesehen hatte, und sie traten ein.

Erst konnte Bendix gar nichts erkennen. Er blinzelte in die Dunkelheit und stolperte blind vorwärts. Aber dann gewöhnten sich seine Augen langsam an das dämmerige Licht im Haus.

»Ich werde euch erst einmal euer Zimmer zeigen.« Thekla Salmonis führte sie eine Treppe hoch, die aus groben Holzbohlen bestand, wie eigentlich alles in diesem Haus. Oben war ein kleiner Flur, von dem mehrere Türen abgingen. An einer Wand stand eine eisenbeschlagene Truhe. Eine Schatztruhe.

»Wir haben nur ein Zimmer für euch beide, da ich ja ursprünglich nur ein Kind holen wollte. Aber ihr werdet euch schon vertragen. Habt ihr im Waisenhaus schließlich auch getan, nicht wahr?« Sie stieß die Tür auf. Licht flutete durch den Raum und Bendix musste schon wieder blinzeln. Er trat einen Schritt zurück. Sein Blick fiel zum zweiten Mal auf die Schatztruhe. Und ohne zu überlegen, öffnete er schnell den

Deckel und versteckte seinen Schatz, den er noch immer an sich gedrückt hatte, unter ein paar Wolldecken im Inneren der Truhe. Hier war er vor Chris sicher. Zumindest erst einmal.

Dann betrat er hinter den anderen beiden das Zimmer.

»Herzlich willkommen in eurem Reich! Einer von euch muss auf dem Sofa schlafen, aber es ist sehr bequem. Die Kommode für eure Kleidung müsst ihr euch auch teilen. Jeder bekommt zwei Schubladen. Und jetzt lasse ich euch erst einmal in Ruhe, damit ihr euch einrichten könnt. In zwanzig Minuten, wenn es draußen dunkel ist, gibt es unten Essen.« Thekla Salmonis lächelte sie an und verließ den Raum. Bendix hörte sie die Treppe hinunterpoltern.

Benommen blinzelte er ins Licht. Es war doch noch taghell! Wie konnte es in zwanzig Minuten dunkel sein?

»Aus dem Weg, du Wicht!« Chris ließ seinen Koffer auf Bendix' Füße plumpsen. Dann drehte er sich um und knallte die Zimmertür zu. Er stemmte die Arme in die Seiten und musterte sein neues Zuhause. Verächtlich zog er die Mundwinkel herunter. »Das soll mein Zimmer sein? Diese Bruchbude hier? Mann, Mann! Und dann soll auch noch so eine Schnarchnase wie du auf meinem Sofa schlafen?« Er starrte Bendix voller Abscheu an.

Bendix zog den Kopf zwischen die Schultern und wich einen Schritt zurück. Er wollte es gar nicht, aber er konnte nicht anders.

Warum hat sie ausgerechnet Chris mitgenommen?, fragte er sich zum zigten Mal.

Chris kam hinterher. Er packte Bendix am Kragen und

drückte ihn gegen die Holzwand. »Jetzt hör mir mal zu, du Pfeife! Glaub bloß nicht, dass ich nicht mehr böse auf dich bin. Ich bin immer noch sehr böse auf dich, weil du, ohne zu fragen, mit hierhergekommen bist. Sehr, sehr böse«, zischte er in Bendix' Gesicht, sodass ihm die Spucke um die Ohren flog. »Und wenn ich dann noch sehe, wie du dich bei diesen blöden Spinnern einschleimst, dann wird mir kotzübel. Und wenn mir kotzübel wird, dann muss ich schon mal jemandem den Kopf ins Klo stecken. Kapierst du das, du Trottel? Damit ist jetzt ein für alle Mal Schluss. Ab jetzt gibt es kein *Oh, das ist ja ein Blablavogel, der ist doch schon seit hundertfünfzig Jahren ausgestorben* mehr! Ab jetzt bist du wieder Bendix, die Pfeife, die du schon immer warst. Bild dir bloß nicht ein, dass diese Freaks dich mögen! Die haben dich nur zum Arbeiten mitgenommen. Nur zum Arbeiten, kapierst du das? Und arbeiten wirst du hier, oh ja! Du wirst nämlich für mich mitarbeiten. Du kannst gleich damit anfangen. Pack meinen Koffer aus und leg die Sachen in die oberen drei Schubladen. Die unterste kannst du für deinen Müll haben.« Chris verpasste Bendix noch einen letzten Stoß gegen die Brust, dann warf er sich auf das Bett, das unter seinem Gewicht ächzte, und schloss die Augen.

Bendix schluckte. In seinem Hals war ein dicker Kloß.

Sein Blick glitt die schiefen Holzwände entlang. Auf der Fensterbank lagen riesige Muscheln und Schneckenhäuser, aber er traute sich nicht, hinüberzugehen und sie in die Hand zu nehmen. Stattdessen schlich er zu Chris' Koffer und öffnete die Verschlüsse. Als er sich vor den Koffer kniete, fühlte er sich so klein und mickrig wie eine Amöbe im Urmeer. Wo war all das Glück geblieben und das Leben, das auf der ganzen Reise hierher in ihm gebrodelt hatte?

Ganz oben in Chris' Koffer lagen die Schokoriegel. Sie knisterten, als Bendix sie herausnahm.

»Los! Her damit!« Chris hatte eine Hand ausgestreckt, ohne die Augen zu öffnen.

Bendix stand auf und legte sie hinein.

Chris riss gleich zwei Riegel auf einmal auf und stopfte sie in seinen Mund. Er schmatzte und gluckste und stöhnte, während ihm der Schokosabber übers Kinn lief.

Bendix blieb stehen. Er stand nur da und starrte Chris an. Fast eine Minute lang stand er nur so da. Dann sagte er: »Ich würde mir die Schokoriegel an deiner Stelle gut einteilen. Es sind die letzten, die du in deinem Leben bekommst. Ab heute gibt es nämlich nur noch Seegurke im Algenwickel.«

Chris verschluckte sich. Er fing an, zu husten und zu würgen. Lehnte sich aus dem Bett und sabberte auf den Boden. Keuchte und krächzte und presste sich die Hände auf die Brust. Sein Gesicht war blaurot angelaufen.

Bendix öffnete die Zimmertür und ging hinaus. Draußen war es dunkel geworden. Stockdunkel. Die tropische Nacht war angebrochen.

Unten im Erdgeschoss trat Bendix in eine Art Wohnzimmer. Wie der Rest des Hauses war auch hier alles aus grobem Holz gezimmert. Die Einrichtung wirkte sehr einfach: ein großer Tisch, fertig gedeckt zum Essen. Ein paar Stühle, ein paar Regale. Ein dicker roter Ledersessel. Der einzige Schmuck war ein großes Muschelbild an der Wand gegenüber dem Fenster.

Bendix trat näher. Vorsichtig strich er über die glatten Muschelschalen und Schneckenhäuser. Sie formten einen Delfin, der aus dem Meer sprang.

Niemand schien in der Nähe zu sein. Aber auf dem Tisch standen Öllampen und erleuchteten den Raum. Es duftete nach Fisch und nach fremden Gewürzen, süß und scharf zugleich.

Bendix zählte die Teller auf dem Tisch. Es waren sechs. Sechs?

»Thekla und Knut Salmonis«, murmelte er, »Theklas Schwester Popeline. Chris. Und ich. Fünf.« Er starrte auf den sechsten Teller. Hatte er jemanden vergessen?

»Chrr . . . chrr . . . zzz!« Da, ein Schatten! Er fuhr herum, konnte aber niemanden sehen. Dann hörte er Schritte, die über den Boden tappten. Ganz leise. Schritte von jemandem, der sehr leicht war . . .

Bendix' Herz raste. Er klammerte sich an einer Stuhllehne fest. Tapp, tapp, tapp. Jetzt kam es schon von beiden Seiten! »Chrr . . . örg . . . zzz!« – »Grr . . . üz, üz, üz . . . rrr!« Bendix konnte sich nicht bewegen. Seine Beine waren bleischwer, ganz plötzlich war ihm eiskalt.

»Chrr . . . zzz!« Jemand steckte seinen Kopf hinter dem Sessel hervor. Es war ein kleiner Kopf. Ein sehr kleiner Kopf mit einer Art Schnabel. »Chchch!«

Bendix schrie leise auf vor Schreck, als das kleine Tier hinter dem Sessel hervorsprang und eine Reihe nadelspitzer Zähne entblößte. Es fauchte ihn an. »Chch!«

»Ist ja schon gut«, murmelte Bendix. »Du bist doch ein ganz Feiner!«

»Chch!«, fauchte es hinter ihm. Er fuhr herum. Da stand noch einer von der Sorte. Ein Mini-Dinosaurier. Nicht größer als eine Katze. Und grün wie ein Laubfrosch. Auch er fauchte Bendix an und zeigte ihm winzige, aber scharfe Krallen.

»Ich glaube, ich weiß, was ihr für welche seid.« Bendix versuchte, ganz ruhig zu sprechen, aber seine Zähne klapperten aufeinander. »Compsognathen, nicht wahr? Zwei nette kleine Compsognathen.«

»Chch!«, fauchte es unter dem Tisch.

»Drei nette, kleine Compsognathen! Und ihr hattet höchstwahrscheinlich noch kein Abendbrot. Aber ihr fresst nur kleine Reptilien. Oder? Und außerdem seid ihr seit hundertfünfzig Millionen Jahren ausgestorben. Also tut ihr mir nichts.«

»Stimmt«, sagte eine Stimme hinter ihm.

Bendix fuhr herum. Vor ihm im Türrahmen stand der sechste Bewohner von Floribunda. Bendix schluckte.

»Malm, Dogger, Lias! Ab mit euch nach draußen! Fangt euch euer Abendbrot selbst!«, rief das riesige Mädchen mit den blonden Zöpfen, woraufhin die drei Dinosaurier herbeitrippelten und aus dem Zimmer sprangen. Dabei zischten sie missmutig.

»Du musst Bendix sein«, sagte sie dann und musterte ihn von oben bis unten. »Der, der sich mit Dinosauriern auskennt.« Sie stemmte die Hände in die Seiten und legte den Kopf schief. Dabei zog sie ihre Stirn in Falten. »Du bist ja ganz schön klein. Fast schon mickrig. Also, ich wollte ja lieber einen älteren Jungen. So fünfzehn, sechzehn Jahre, dachte ich. Aber Mama sagte, nee, ich will ein zwölfjähriges

Kind, das kann sich noch besser einfügen. Na ja, ist trotzdem gut, dass du da bist. Du siehst aus, als wärst du ganz in Ordnung.« Sie zog die Nase hoch und nickte einmal.

Bendix atmete auf. »Mama?«, fragte er dann vorsichtig. »Ist Thekla Salmonis deine . . . deine Mutter?«

Das Mädchen starrte ihn an, dann schrie es empört auf. »Wie? Hat Mama dir nichts von mir erzählt? Das sieht ihr ähnlich!« Bendix zuckte zurück, während sie anfing, im Zimmer auf und ab zu stapfen. Dann blieb sie vor Bendix stehen. »Ich bin Ida. Ida Salmonis. Tochter von Thekla und Knut Salmonis. Dreizehneinhalb Jahre alt. Seit sieben Jahren lebe ich mit meinen Eltern und Tante Popeline auf Floribunda. Ende der Vorstellung. Jetzt habe ich Hunger.« Und knurrend ließ sie sich auf einen Stuhl fallen.

»Ich mag keinen Fisch.« Feindselig starrte Chris auf den Knurrhahn. »Ich will einen Hamburger essen.«

»Dein Pech.« Thekla Salmonis legte die Serviette auf ihren Schoß. »Wir leben auf einer Insel. Hier gibt es eigentlich nur Fisch. Fisch zum Frühstück, Fisch zum Mittag, Fisch zum Abendbrot. Und nun guten Appetit!«

Bendix schluckte. Der Knurrhahn glotzte ihn an und in seinem breiten Maul schimmerten ein paar spitze Zähne. Er sah nicht so aus, als wollte er gegessen werden. Sein Kopf war gepanzert und an den Flossen hatte er Stacheln.

Vorsichtig probierte Bendix ein winziges Stückchen von seinem Teller. Gar nicht mal so schlecht. Besser, als er erwartet hatte. Und so etwas wie Chilibananen hatte Bendix auch noch nie gegessen. Fremd, sehr fruchtig und süß und ein kleines bisschen scharf. *Südsee*, dachte er. *So schmeckt die Südsee.* Er schlürfte seinen Fruchtsaft, der wirklich oberlecker war. Wie frisch vom Baum.

Tante Popeline nieste.

»Gesundheit«, sagte Bendix.

»Danke.« Tante Popeline schnüffelte und warf Ida einen missbilligenden Blick zu. »Sie waren wieder hier drinnen. Du brauchst es gar nicht zu leugnen, Ida. Die drei Compsognathen waren wieder im Wohnzimmer. Das finde ich sehr rücksichtslos von dir. Du weißt doch genau, dass ich eine Dinosaurierallergie habe.«

»Entschuldigung, Tante Popeline«, summte Ida und steckte sich ein bisschen Knurrhahn in den Mund. »Es soll nicht wieder vorkommen.«

»Das sagst du jedes Mal«, klagte Tante Popeline. »Und dann lässt du sie doch wieder rein.« Erneut musste sie niesen.

»Gesundheit«, sagte Bendix.

»Danke«, sagte Tante Popeline. Sie war eine große Frau, fast so groß wie ihre Schwester Thekla. Allerdings war sie viel dünner. Ihre Haare hatte sie zu einem strengen Knoten zusammengebunden. Und ihre Nase sah nicht aus wie ein Raubvogelschnabel, sondern wie der Schnabel eines Storchs.

Missbilligend betrachtete sie Chris, der wie ein nasser Sack halb auf dem Tisch hing und sein Stück Knurrhahn zerpflückte. »Junge«, fauchte sie ihn an, »deine Essmanieren sind nicht akzeptabel. Wir leben zwar auf einer einsamen Insel in der Südsee, aber das soll nicht heißen, dass wir uns wie Wilde benehmen. Also nimm die Ellbogen vom Tisch und hör auf zu stochern, sonst gehst du auf dein Zimmer.«

Chris fuhr hoch wie von der Tarantel gestochen. Aus wütenden Augenschlitzen starrte er Tante Popeline an. »Aber es schmeckt ekelhaft!«, stieß er hervor. »Ich will was Anständiges zu essen haben.«

Bumm! Thekla Salmonis hatte mit der Faust auf den Tisch geschlagen und war aufgesprungen. »Erstens«, sagte sie kühl, »solltest du dir merken, dass du das leckere und abwechslungsreiche Essen, das Tante Popeline jeden Tag frisch zubereitet, niemals – und damit meine ich NIEMALS – ekelhaft nennst. Zweitens«, ihre Stimme wurde noch um einen Ton schärfer, »solltest du dir merken, dass du dich nach jeder Mahlzeit bei ihr für das wunderbare Essen bedankst, und drittens«, jetzt klang ihre Stimme wie ein Peitschenhieb, »gehst du jetzt sofort auf dein Zimmer und lässt dich bis morgen früh nicht blicken. Und die nächsten drei Monate gibt es für dich nur noch Seegurke im Algenwickel. Kannst du dir das merken oder musst du es dir aufschreiben?«

Chris presste seine Lippen zusammen und starrte Thekla Salmonis an, als wäre sie eine schleimige Schlammschnecke. Einen Augenblick lang war es totenstill im Zimmer. Dann nickte Thekla Salmonis heftig. »Gut. Wie du willst. Du schreibst es also auf. Ida, hol bitte ein Heft und einen Stift für Chris.«

Chris zitterte vor Wut. Er hatte die Fäuste geballt. Dann presste er, kaum hörbar, zwischen den Lippen hervor: »Ch knns mr mrken.«

»Wie bitte?« Thekla Salmonis machte einen spitzen Mund.

»Ich kann es mir merken«, schrie Chris und stürmte aus dem Zimmer.

Einen Augenblick lang war es still. Dann schüttelte Tante Popeline den Kopf. »Was für ein ungezogener Bengel!« Sie hüstelte in ihre Serviette.

»Er wird es lernen.« Thekla Salmonis verzog keine Miene.

Ida verdrehte die Augen. »Ja, klar, und du wolltest ein zwölfjähriges Kind. Weil die sich noch besser einfügen können als Fünfzehnjährige. Dass ich nicht lache!«

»Ida«, knurrte Knut Salmonis, »halt die Klappe!«

Nach dem Essen trug Bendix die Teller in die Küche und stellte sie neben die Spüle. Neugierig sah er sich um: grobe Holzwände, ein langer Tisch mit einem Steintrog. Eine gemauerte Feuerstelle, in der noch die Glut schwelte. Ein paar Töpfe hingen an der Wand und eine Bratpfanne. Und Muscheln. Auch diesen Raum schmückte ein riesiges Muschelbild. Die blau glänzenden Muscheln bildeten eine Welle, auf der ein Segelboot dahinglitt.

Bendix trat an die Wand und strich über die glatten Schalen.

»Schön, nicht?«

Er fuhr herum. Tante Popeline war in die Küche getreten. Sie war wirklich riesengroß. Und sie hatte einen sehr strengen Mund.

»Das Bild habe ich gemacht. Jede Muschel habe ich einzeln an die Wand geklebt. Für das Haus bin ich zuständig. Ich koche, wasche, putze. Und klebe Muschelbilder.«

Bendix lächelte sie schüchtern an. »Es ist wunderschön.«

Tante Popeline nickte kurz. »Außerdem«, fuhr sie fort, »bin ich für eure Schulbildung verantwortlich. Deutsch, Mathe,

Polynesisch und Inselbiogeografie. Das sind die Fächer, in denen ich euch unterrichten werde.«

Jetzt lächelte Bendix nicht mehr. Er presste nur noch ein »Gute Nacht« zwischen den Zähnen hervor und verdrückte sich so schnell wie möglich aus der Küche.

Als er dann auf seinem Sofa lag, konnte er nicht schlafen. Dabei war er hundemüde nach der langen Reise. Aber in seinem Kopf arbeitete noch so viel und in seinem Bauch kribbelte es wie in einem Ameisenhaufen.

Chris schnarchte. Aber das hörte Bendix gar nicht. *Floribunda,* dachte er. Eine Insel mitten im Pazifik, auf der es noch echte Dinosaurier gab! Warum hatten sie hier überlebt? Was war das nur für ein verrückter Tag gewesen und in was für einer verrückten Welt war er gelandet?

Draußen vor den Fensterläden rauschte die Brandung an die Landzungen. Das Rauschen schwoll an, dann ebbte es wieder ab. Es wurde lauter und wieder leiser. Die ganze Zeit über. Aber da waren auch noch andere Töne. Ein Pfeifen, das immer wiederkehrte. Dann ein Krächzen. Ganz in der Nähe knurrte etwas. Einer der Compsognathen? Irgendwo, ziemlich weit weg, röhrte es. Plötzlich ein Tuten, wie ein Nebelhorn. Wieder das Krächzen. Einen Moment lang war alles still und man hörte nur das Meer. Der Wind strich ums Haus. Bendix fielen jetzt doch die Augen zu, er war so müde. Und dann war da plötzlich ein Gebrüll, das ihm das Blut in den Adern gefrieren ließ. Ein Gebrüll, so wild und rasend, als sei es nicht von dieser Welt.

7.

Als Bendix am nächsten Morgen aufwachte, wusste er einen Moment lang nicht, wo er war. Dann fiel es ihm wieder ein. Die Südsee! Floribunda! Er sprang auf, schnappte sich seine neuen Kleider und schlüpfte aus der Tür nach draußen.

Chris schlief noch.

Bendix schaffte es, gleichzeitig seine Hose anzuziehen und die Treppe hinunterzuhüpfen. Dann zog er sein Hemd über den Kopf und warf einen Blick ins Wohnzimmer. Es war leer. Also schaute er in die Küche. Tante Popeline saß am Küchentisch und schälte ein paar leuchtend rote Früchte. Sie trug eine geblümte Schürze.

Bendix räusperte sich. »Guten Morgen.«

Tante Popeline sah auf. »Guten Morgen, Bendix! Ich hoffe, du hattest eine angenehme Nachtruhe!«

Bendix nickte. Dann wusste er nicht mehr, was er sagen sollte. Aber das war auch nicht nötig.

»Ich habe euch Jungen Frühstück vorbereitet. Draußen auf der Veranda. Hast du deine Hände gewaschen? Dann geh nur und iss! Aber die Seegurke ist für Chris.« Tante Popeline wischte das Messer an einem Tuch ab und nickte kurz. Es sah aus, als wolle sie mit ihrem Storchenschnabel nach etwas hacken.

Bendix nickte wieder. »Danke.« Er ging raus.

Als er auf die Veranda trat, stockte ihm fast der Atem. Es war so schön! Der Garten lag vor ihm in all seiner Farbenpracht. Und dahinter der weiße Streifen Strand und das Meer, das leise rauschte. Die beiden Landzungen links und rechts schlossen die kleine Bucht ein. Bendix sah, dass die Küste links hinter der flachen Landzunge immer felsiger wurde. Sehr weit konnte er allerdings nicht schauen, da Bäume bis an die Felsen heranwuchsen. Während die Bäume und Büsche um das Grundstück herum eher spärlich standen, schienen sie in der Ferne zu einem dichten grünen Wald zu verschmelzen.

Ein richtiger Urwald, dachte Bendix.

Er sog die salzige Luft ein. Es war warm, aber nicht zu heiß, der leichte Wind strich angenehm über seine Haut. Leise lachte er auf. Wie viele Vögel dort unten am Wasser waren und über den Bäumen kreisten! Aber warum flogen sie so komisch? Fast wie Fledermäuse . . .

Er beschirmte sein Gesicht mit den Händen. Und dann wusste er, was er da vor sich hatte. Bendix' Augen wurden kugelrund und er stieß ein Keuchen aus. Pterosaurier! Das da unten waren Flugsaurier und keine Vögel. Große und kleine, einige mit Kämmen auf den Köpfen, andere ohne . . . oh, er wollte sie unbedingt aus der Nähe sehen! Aber allein traute er sich nicht, das Grundstück zu verlassen.

Eine ganze Weile lang blieb er noch so stehen und beobachtete die Pterosaurier. Als ihm schließlich die Augen brannten, setzte er sich an den Tisch. Lecker! Bendix lief das Wasser im Mund zusammen. Alles vor seiner Nase war fruchtig und bunt. Nur die Seegurke auf Chris' Teller strömte einen eigentümlichen Geruch aus.

Er griff nach einem gebackenen Fladen, der so ähnlich aussah wie Brot, und stippte ihn in ein orangefarbenes Mus. Es war besser als alles, was er bisher gegessen hatte, auch wenn es ein bisschen fischig schmeckte. Das rote Mus war ebenso süß und köstlich. Bendix leckte sich die Lippen. Wie wohl das gelbe schmeckte? Oder sollte er erst einmal von der Kokosnuss probieren?

In diesem Moment wurde die Verandatür aufgestoßen und Chris polterte heraus. Er war barfuß, seine Haare waren zerzaust. Mit mürrischem Gesicht blieb er stehen und kratzte sich am Po. Dann sah er Bendix. »Verschwinde, du Wicht«, grunzte er. »Ich will jetzt frühstücken.«

Bendix biss sich auf die Unterlippe. Er senkte den Blick. Dann zeigte er auf die Seegurke. »Da ist dein Platz«, sagte er leise.

Einen Augenblick lang war es still. Dann brüllte Chris wie ein Stier. »Du kleines Stinktier wagst es!« Mit einem Satz war er hinter Bendix und hatte ihn am Kragen gepackt. »Du wirst jetzt diese scheußliche Seegurke essen und mir anschließend beim Frühstück zusehen, du Pfeife! Und wenn ich fertig bin, dann wirst du . . . Aaauuuhh!«

Was zum langschwänzigen Rhamphorhynchus . . . Bendix schnappte nach Luft und griff sich an den Hals. Aus dem Augenwinkel erkannte er Thekla Salmonis. Thekla Salmonis, die plötzlich aus dem Nichts aufgetaucht war und Chris am Ohr gepackt hatte. Es sah aus, als wolle sie das Ohr aus seinem Kopf herausdrehen.

»Aaahuuuhaaa!«

»Mein lieber Freund«, zischte sie, »damit ist jetzt ein für alle Mal Schluss! Du wirst den Rest deines Lebens auf dieser Insel verbringen und du wirst dich benehmen. KANNST DU DIR DAS MERKEN?«

»Jaahaa!«, schrie Chris und Thekla Salmonis ließ sein Ohr los.

»Gut«, sagte sie dann und wandte sich Bendix zu. »Hast du gut geschlafen, Bendix?«, fragte sie ihn freundlich.

»Ja.« Bendix blinzelte verwirrt. Irgendwas fehlte bei ihr. Irgendwas, was gestern noch da gewesen war. »Danke.«

»Fein. Ich habe euch heute ausschlafen lassen, weil ihr eine lange und anstrengende Reise hinter euch habt. In Zukunft werdet ihr natürlich mit uns bei Tagesanbruch aufstehen.«

Chris stöhnte und vergrub sein Gesicht in den Händen.

»Und Chris wird morgen sogar noch etwas früher aufstehen und unsere Stiefel putzen.« Thekla Salmonis strahlte übers ganze Gesicht.

Wütend starrte Chris sie an. Und dann sprang er plötzlich kreischend vom Stuhl hoch. »Mich hat was gebissen!«, quiekte er mit sich überschlagender Stimme. »In den Zeh!

Mich hat was in den Zeh gebissen!« Auf einem Bein hüpfte er über die Veranda, wobei er sich den rechten Fuß hielt.

»Chrr . . . zzz«, machte es unter dem Tisch.

Bendix ahnte, was los war, und zog vorsichtshalber die Füße an.

Und Chris' Augen wurden rund wie Suppenschüsseln. »Rieseneidechsen!«, fiepte er. »Da sind Rieseneidechsen unter dem Tisch! Und die beißen!« Mit einem Satz war er auf seinen Stuhl gesprungen und balancierte dort auf einem Bein wie eine Primaballerina.

Einer der drei Compsognathen lugte unter dem Tisch hervor und machte einen langen Hals. Interessiert beäugte er Chris' Zehen, die über die Stuhlkante ragten.

Chris hüpfte von einem Bein aufs andere. »Tun Sie was!«, brüllte er. »Der will mich schon wieder beißen!«

»Chch!« Der zweite Compsognathus sprang unter Chris' Stuhl hervor, schüttelte sich und sah ihn vorwurfsvoll an. »Üz, üz, üz!«

»So, das reicht jetzt!« Thekla warf einen Blick unter den Tisch und schob mit ihrem Stiefel den dritten Compsognathus heraus. »Verschwindet, ihr drei! Ab mit euch! Lasst uns in Ruhe frühstücken!« Sie scheuchte die Minisaurier die Stufen zum Garten hinunter.

Schimpfend verschwanden sie in den Büschen.

Chris kletterte umständlich von seinem Stuhl. Vorsichtshalber warf er noch einen Blick unter den Tisch. »Was waren denn das für welche?«, knurrte er und sah schon wieder mürrisch aus.

»Compsognathen.« Thekla schenkte sich ein Glas Kokosmilch ein. »Ungefährlich, aber ein Grund dafür, sich immer, und damit meine ich IMMER, seine Stiefel anzuziehen, sobald man das Haus verlässt, Chris.« In großen Schlucken trank sie das Glas leer. »Aah, herrlich!«

Chris vergrub sein Gesicht erneut in den Händen und schüttelte den Kopf.

Und Bendix wusste plötzlich, was fehlte. »Archibald!«, rief er. »Wo ist denn Archibald heute?« Gestern hatte der Archäopteryx den ganzen Tag auf Thekla Salmonis' Schulter gesessen.

Thekla brach sich ein Stück Brotfladen ab. »Ida hat Archibald heute dabei. Er ist besser als jeder Wachhund. Sobald es gefährlich wird, fängt er an zu krächzen.« Sie tunkte den Fladen in das gelbe Mus.

Chris ließ die Hände vom Gesicht sinken. Er sah aus, als hätte er einen Geist gesehen. »Gefährlich?«

»Ja, natürlich.« Jetzt dippte Thekla Salmonis ihren Fladen in das rote Mus. »Immerhin leben wir auf Floribunda, der Insel der Dinosaurier. Aber glücklicherweise bist du ein mutiges Kind, das keine Angst vor großen Tieren hat.«

Jetzt fielen Chris fast die Augen aus dem Kopf. »Di-di. . .«, fiepte er, »Dinosaurier?«

Bendix sah Chris überrascht an. Hatte er es immer noch nicht gemerkt? So dämlich konnte doch nicht einmal Chris sein, oder?

»Das ist überhaupt nicht witzig«, winselte Chris. »Sie wollen mich doch veräppeln. Aber darauf falle ich bestimmt nicht rein! Sie wollen, dass ich glaube, hier leben Tyrannosaurier, oder?«

»Nein«, sagte Thekla Salmonis.

»Nein?« Chris sah hoffnungsvoll aus.

»Nein.«

Chris atmete tief auf. Er stach mit der Gabel in seine Seegurke. Es spritzte.

Einen Moment lang sprach niemand.

»Dinosaurier, pah!«, sagte er dann. »So 'n Quatsch. War ja klar, dass Sie so was Cooles wie den Tyrannosaurier hier nicht haben. Weiß doch sowieso jeder, dass die Dinosaurier schon längst ausgestorben sind. Wahrscheinlich gibt es hier bloß ein paar Eidechsen auf der Insel. Solche wie diese dämlichen Kompost-Dingsda.«

»Nein«, sagte Thekla Salmonis und ihre Stimme klang sehr vergnügt. »Aber der Tyrannosaurus Rex lebte in der späten Kreidezeit. Wir leben hier in der Zeit des Oberen Jura. Das war fast hundert Millionen Jahre früher. Und zu der Zeit war der größte Räuber nicht der T-Rex«, sie nahm sich eine Litschi-Frucht, »sondern der Allosaurus.«

Bendix verschluckte sich. Er hustete und Thekla Salmonis klopfte ihm auf den Rücken. Bendix schnappte nach Luft.

»Sie meinen . . . Sie wollen sagen«, er keuchte, »es gibt auf der Insel . . . *Allosaurier?«*

»Ja«, sagte Thekla Salmonis fröhlich. Dann klatschte sie in die Hände. »Zieht eure Stiefel an, Jungs! Und nehmt euch jeder einen von den langen Stöcken! Wir machen einen kleinen Ausflug!«

Die drei Compsognathen verfolgten sie, als sie den Weg zum Tor hinuntergingen. Sie raschelten in den Büschen und streckten ihre Köpfe hervor. Ab und zu sprang einer von ihnen auf seinen kräftigen Beinen von hinten heran und schnappte nach einem Stiefel.

»Kusch, kusch!« Chris' Stimme wurde ganz hoch. »Verschwindet!«

»Das sind doch nur Malm, Dogger und Lias.« Bendix grinste und tat so, als würde es ihm nichts ausmachen, dass Dogger an seinem Schnürsenkel zerrte. »Die tun nichts.«

Thekla Salmonis öffnete das Tor und schloss es wieder hinter ihnen. Sie waren draußen. Draußen bei den Dinosauriern.

Bendix' Herz schlug bis zum Hals und in seinem Bauch fühlte es sich an wie Geburtstag, Weihnachten und Achterbahn fahren gleichzeitig. Vor ihm segelten die Pterosaurier durch die Luft, nur einen Steinwurf entfernt. Zahlreiche Flugsaurier hockten in Kolonien auf dem Boden. Sie kreischten und krächzten. In der Luft waren sie elegante Flieger, aber am Boden krabbelten sie, als würden sie alle an Krücken laufen.

Chris war dicht am Tor stehen geblieben. Misstrauisch starrte er die Tiere an. »Was sind denn das für komische Vögel?«

»Der Archäopteryx ist der einzige Vogel auf Floribunda«, erklärte Thekla Salmonis ihm. »Bei diesen Tieren handelt es sich um Flugsaurier. Die mit den langen Schwänzen gehören zu den Rhamphorhynchen, die mit den kurzen zu den Pterodactylen. Der kleine dahinten ist ein Laopteryx. Und seht euch den Gnathosaurus an! Mit den vielen kleinen Zähnchen am Schnabel filtert er Nahrung aus dem Wasser. Ich erwarte übrigens von euch, dass ihr euch die Namen merkt.«

Oh ja! Bendix schloss die Augen. Er würde sich alle Namen merken, alle!

»Kommt jetzt, wir gehen raus auf die Sandbank. Dort will ich euch was zeigen.« Thekla Salmonis stapfte schon über das Strandkraut nach links hinüber, auf die sandige Landzunge zu. Bendix folgte ihr.

»Pah, Flugsaurier. Die Alte hat sie doch nicht mehr alle!«, murmelte Chris. Aber es klang weniger überzeugt als noch vor einer halben Stunde.

Die Pterosaurier krächzten ihnen hinterher.

Das klare Wasser plätscherte an den Strand und Bendix griff nach einem großen Schneckenhaus, das halb versteckt im Sand lag. Er strich über das glatte Gehäuse.

»Eine Kaurischnecke!« Thekla Salmonis hatte sich zu ihm gedreht. »Und was für ein schönes Exemplar. Das hätte Tante Popeline bestimmt gern für ihre Muschelbilder.« Dann drehte sie sich noch weiter um. »Chris, wo bleibst du? Beeil dich ein bisschen!«

Die Sandbank zog sich weit ins Meer hinaus. Sie war viel größer, als sie von Weitem ausgesehen hatte. Und das, was Bendix gestern noch für Palmen gehalten hatte, waren in Wirklichkeit riesige Baumfarne mit fächerförmigen Blättern. Sträucher und Schachtelhalme bedeckten den Boden.

»Die Pflanzen des späten Jura«, erklärte Thekla Salmonis. »Ihr werdet auf der ganzen Insel keinen Grashalm finden. Und außerhalb unseres Gartens keine einzige blühende Pflanze. Die gab es im Jura noch nicht. So, jetzt sind wir gleich da.«

Im Sand waren Schuhabdrücke zu sehen. Aber auch andere Spuren. Riesige Spuren von riesigen Klauen, die sich tief in den Sand gedrückt hatten.

»Die hier gefallen mir gar nicht!« Thekla Salmonis wies auf die Krallenabdrücke. »Gar nicht.« Sie sah sich in alle Richtungen um. »Der Kerl hat hier nun wirklich nichts zu suchen.«

»Welcher Kerl?«, piepste Chris und wurde grün im Gesicht. Er sah aus, als müsse er sich schon wieder übergeben. Wimmernd drückte er sich gegen den Stamm eines Baumfarns und warf hektische Blicke um sich.

Auch Bendix schlug das Herz bis zum Hals. Die Abdrücke waren so groß, riesengroß, mit drei Krallen ... er musste an seine versteinerte Allosaurus-Kralle denken und schluckte.

»Kommt mit!« Thekla Salmonis schob ein paar Zweige beiseite und öffnete so einen Durchgang zwischen zwei Sträuchern. Bendix und Chris duckten sich und schlüpften hindurch. Staunend blickte Bendix sich um: Das dichte grüne Blattwerk hatte hier eine Art Höhle gebildet, in der man in gebückter Haltung sogar stehen konnte. Und in der Mitte des kleinen Hohlraums saß Ida auf einem Stein und las in einem Buch. Archibald hüpfte um sie herum und pickte ab und zu nach etwas.

»Hallo Ida, mein Schatz. Alles ruhig bei dir?« Thekla Salmonis strich ihrer Tochter eine Haarsträhne aus dem Gesicht.

Ida ließ das Buch sinken. »Zu ruhig«, seufzte sie. »Sie kommt nicht zurück. Ihr ist etwas passiert, Mama, da bin ich ganz sicher. So lange hat sie ihre Eier noch nie allein gelassen. Seit vorgestern war sie nicht mehr hier. Und dann die

Allosaurus-Spuren da draußen . . . also, ich hab ein ganz schlechtes Gefühl.«

»Allosaurus?«, fiepte Chris und wurde noch grüner im Gesicht. »Allosaurus? Das ist doch der . . . der . . .«

Niemand beachtete ihn.

»Und die Eier?«, fragte Thekla Salmonis.

»Denen geht es gut. Sieht aus, als würden die Kleinen bald schlüpfen. Da sind schon Risse in den ersten Schalen.« Ida stand auf. »Kommt, ich zeige sie euch«, sagte sie zu Bendix und Chris.

Chris konnte sich kaum bewegen, so sehr schlotterten seine Beine. Gemeinsam verließen sie das Versteck in den Büschen. Sie gingen ein paar Meter weiter die Sandbank hinaus und dann sahen sie auch schon den niedrigen Sandhügel. Er lag nur wenige Meter vom Wasser entfernt im Schatten einiger Schachtelhalme. Man konnte von oben hineinschauen wie in einen Vulkankrater. Und da lagen die Eier. Große, längliche Eier, die mit Blättern und Moos fast bedeckt waren. Ein Dinosauriernest!

»Oooh!« Bendix wollte eines der Eier anfassen, traute sich aber nicht. »Was für Eier sind es?«, flüsterte er.

»Es ist ein Camptosaurus-Nest«, sagte Thekla Salmonis. »Weißt du etwas über den Camptosaurier, Bendix?«

Bendix kratzte sich am Kopf. »Nicht viel«, gab er verlegen zu. »Ich glaube, er war mit den Iguanodons verwandt.«

»Stimmt.« Thekla Salmonis lächelte. »Er ist einer der frühesten Iguanodonten. Ein schönes, großes Tier. Und es ist sehr traurig, dass gerade dieses brütende Weibchen verschwunden ist. Es gibt nämlich selbst auf Floribunda nur noch wenige Exemplare. Das heißt, sie sind vom Aussterben bedroht.« Sie seufzte. »Nun, es hilft nichts. Wir müssen sie suchen. Ida, bleib bitte bei den Eiern, ich gehe mit den Jungs in den Wald.«

»In den . . . Wald?« Chris' Augen wurden kreisrund. Er musste sich an einem Baum festhalten. »Aber da sind doch . . . da sind doch *Dinosaurier!«*

»Aber da sind doch Dinosaurier«, äffte Ida ihn nach. »Heiliger Huia, natürlich sind da Dinosaurier. Weswegen glaubst du, dass du hier bist? Um Urlaub zu machen?«

»Lass ihn, Ida«, sagte Thekla Salmonis. »Er muss sich noch an alles gewöhnen.«

Ida verdrehte die Augen und schlug sich gegen die Stirn. »Jaja«, motzte sie leise. »Aber es musste unbedingt ein Zwölfjähriger sein!«

Chris sank auf die Knie. »Ich geh da nicht rein«, winselte er. »Ich will nicht gefressen werden. Bitte! Ich will zurück! Ich will wieder ins Haus!« Rotz und Wasser liefen ihm übers Gesicht.

»Du bleibst hier.« Thekla Salmonis runzelte die Stirn. Sie überlegte einen Moment. »Allerdings ändere ich meinen Plan. Ida kommt mit uns in den Wald. Du bewachst die Eier. Ida, gib ihm deinen Stock. Damit kannst du die Eier vor kleineren Raubsauriern verteidigen.«

»Ich soll . . . alleine . . .« Chris verschlug es die Sprache. Er schluchzte und schlotterte nur noch vor sich hin.

»Ja. Du setzt dich zwischen die Büsche, dorthin, wo Ida vorhin gesessen hat, und bewachst die Eier. Wahrscheinlich wird nichts passieren. Aber wenn da so ein paar kleine Kerle mit spitzen Zähnen kommen, dann schlägst du sie in die Flucht.« Thekla Salmonis riss Ida den Stock aus den Händen und hielt ihn drohend über ihren Kopf.

»Aber . . . aber wenn da so ein Allosaurier kommt«, heulte Chris.

Thekla Salmonis stöhnte auf. Sie stemmte die Arme in die Seiten. »Es wird keiner kommen. Normalerweise kommen sie nicht hierher und jetzt, wo die Camptosaurus-Mutter weg ist, wird sowieso keiner kommen. Mensch, Chris, denkst du, wir wollen dich an die Dinosaurier verfüttern? Wir brauchen dich doch noch. Also vergiss nicht: Du trägst jetzt die Verantwortung dafür, dass den Eiern nichts passiert. Hast du das verstanden?«

»Ja-haa«, wimmerte Chris.

»Dann ab in die Büsche mit dir. Und da bleibst du, bis wir wiederkommen. Kapiert? Bis nachher, Chris!« Thekla Salmonis setzte sich Archibald auf die Schulter und winkte ihm zum Abschied zu.

Chris kroch zwischen die Büsche.

Schweigend gingen sie die Landzunge zurück. Sie stapften über das Strandkraut und traten dann auf einen Pfad, der leicht bergan führte. Der Boden war steinig und stellenweise von Moos, dürren Sträuchern und Farnen bedeckt. Als das Gestrüpp immer dichter wurde, drehte Bendix sich um. Sie waren schon oberhalb des Hauses, weit unten sah er die Bucht mit den beiden Landzungen. Über ihnen gab es nur noch dichtes Grün. Bendix' Beine fühlten sich wie Wackelpudding an, je näher sie dem Wald kamen. Er knabberte an seinen Fingernägeln herum. Was, wenn plötzlich ein Allosaurier vor ihnen auftauchte? Sein Herz schlug ihm bis zum Hals.

Thekla Salmonis schien etwas anderes zu beschäftigen. Ab und zu warf sie Bendix einen Blick zu, dann grübelte sie wieder vor sich hin.

»Bendix«, sagte sie schließlich.

Bendix sah auf. »Ja?«

»Ich möchte dich etwas fragen und ich möchte, dass du mir eine ehrliche Antwort gibst. Ohne zu flunkern. Tust du das, Bendix?«

Bendix zögerte ein wenig. Was wollte sie von ihm? Dann nickte er.

Sie holte tief Luft. »Bendix«, sagte sie, »meinst du, dass vielleicht ... dass es vielleicht möglich ist, dass ... hältst du es für vorstellbar, dass ... dass Chris vielleicht nicht ganz so mutig ist, wie er behauptet?« Sie sah ihn mit flehendem Blick an.

Bendix senkte die Augen. »Ja«, sagte er leise. »Das halte ich für möglich.«

»Und ... und vielleicht auch nicht so zuverlässig?«

Bendix schüttelte den Kopf. »Nein. Wahrscheinlich nicht.«

»Und tierlieb? Bendix, meinst du, er ist tierlieb?«

Bendix biss sich auf die Lippen. »Ich glaube nicht«, flüsterte er dann.

»Oh«, sagte Thekla Salmonis.

Dann tauchten sie in die grüne Wildnis ein.

8.

Sie gingen wie auf Watte. Der Boden war mit dickem grünem Moos gepolstert, das jeden Laut verschluckte. Kleinere Insekten schwirrten durch die Luft. Dann flog eine riesige Libelle mit lautem Brummen vorbei.

Vögel sangen nicht in den Bäumen. Trotzdem waren da so viele Geräusche, die Bendix verrieten, dass der Wald voller Tiere war. Fremde Geräusche, die ihm einen Schauer über den Rücken jagten . . .

Sie sprangen über einen kleinen Bach, der sich zwischen moosbewachsenen Steinen dahinschlängelte. Dann liefen sie am Wasser entlang, das ihnen entgegensprudelte. Hohe Nadelbäume standen am anderen Ufer, darunter kleinere Büsche.

»Schau mal, da vorne!« Eine Herde Dinosaurier kreuzte ein Stück vor ihnen den Weg. Es waren bestimmt zwanzig oder dreißig Tiere. Schnell wie Gazellen sprangen sie auf ihren Hinterbeinen über den Pfad, bevor sie wieder zwischen Bäumen verschwanden.

»Oooh!« Bendix umklammerte den Stock in seinen Händen fester. »Das sind . . . sind das Fleischfresser?«

»Nein. Ich weiß, sie sehen ein bisschen so aus wegen der kurzen Arme und der kräftigen Beine. Aber es sind Pflanzenfresser. Dryosaurier. Wären sie langsamer gewesen, hättest du das bestimmt an ihren Hornschnäbeln erkannt«, erklärte Thekla Salmonis.

»Und in Zukunft erkennst du sie an ihrer Farbe.« Ida drehte den Kopf und grinste Bendix breit an. »Laubfroschgrün gesprenkelt und schnell wie Schmidts Katze – das sind unsere Dryosaurier.«

Sie bogen ab auf den Weg, auf dem die Dryosaurier gerade verschwunden waren. Er war sehr breit. Hier wuchs nichts mehr.

»Das ist einer der großen Trampelpfade der Insel.« Thekla Salmonis wies auf den Boden. »Schau mal, die vielen Spuren. Wir befinden uns auf einer Dino-Autobahn. Deshalb müssen wir vorsichtig sein und am Rand gehen. Dinosaurier halten sich nicht an Vorfahrtsregeln.«

»Mist!« Bendix war in einen Dinosaurierhaufen getreten. Der Kot quoll an seinem Stiefel hoch. Dann musste er kichern. Wer konnte schon von sich behaupten, jemals in Dryosaurier-Kacke getreten zu sein?

Thekla Salmonis hatte sich hingehockt. Sie betrachtete die

Abdrücke der Krallen im matschigen Boden. Dann winkte sie Bendix zu sich heran. »Es ist wichtig, dass du lernst, Spuren zu lesen. Sie können dir vieles sagen über das Leben auf der Insel. Hier haben wir die ganzen frischen Dryosaurier-Spuren. Aber es gibt auch viele ältere. Da drüben zum Beispiel ist erst gestern oder vorgestern ein Camptosaurier vorbeigekommen. Schau dir den Abdruck genau an, damit du ihn wiedererkennst! Leider kann ich nicht sagen, ob es unsere Camptosaurus-Mutter war.« Sie richtete sich seufzend auf. »Trotzdem. Wir verfolgen diese Spur.«

Sie gingen weiter, Thekla Salmonis vorne, Bendix in der Mitte und Ida hinten. Vorbei an moosbewachsenen Baumstämmen, die im Unterholz lagen, an Farnen und Nadelbäumen. Es ging bergauf, dann wieder bergab. Immer wieder überquerten sie Bäche, über einigen lagen Baumstämme als Brücken. Eine Gruppe von Archäopteryxen schreckte auf. Die Vögel glitten von einem umgestürzten Baum zwischen die Farne und waren verschwunden. Archibald krächzte aufgeregt.

Sie verließen den Weg und folgten einem schmaleren Pfad durch das Unterholz. Und dann hörte auch der Weg plötzlich auf, genau wie die Bäume und Büsche. Vor ihnen ging es steil bergab. Sie standen auf einem riesigen Felsplateau und blickten in ein grünes Tal.

»Oooh!« Mehr brachte Bendix nicht heraus. Er sah hinunter in das riesige Tal und traute seinen Augen nicht. Eine Diplodocus-Herde zog langsam am Ufer eines Flusses entlang. Obwohl sie sehr weit weg waren, sahen sie gigantisch aus. Sie wurden begleitet von mehreren Stegosauriern, auf deren

Rücken enorme Knochenplatten bei jedem Schritt hin und her schaukelten. Bendix konnte sogar die Stacheln an ihrem Schwanz erkennen.

»Ist es nicht wunderschön?«, flüsterte Thekla Salmonis. »Dafür lohnt es sich doch zu leben.«

Bendix konnte nur nicken. Er musste plötzlich an seine Eltern denken. Wie schön es wäre, wenn sie das hier sehen könnten! Heimlich wischte er sich eine Träne aus dem Augenwinkel.

»Das Tal der Dinosaurier«, sagte Thekla Salmonis. »Ein erloschener Vulkankrater. Einstmals war der Kegel vermutlich genauso hoch wie der zweite Vulkan.« Thekla zeigte nach links hinüber, wo sich hinter einem großen Geröllfeld der Gipfel in den Himmel reckte. Dieser Bergkegel war es gewesen, den Bendix schon von der *Iguana* aus gesehen hatte. »Er ist allerdings auch nicht mehr aktiv. Ab und zu hustet er noch etwas Rauch aus, aber nichts Schlimmeres. Daher nennen wir ihn Qualmer.«

Bendix nickte, dann sah er wieder hinunter in das fast kreisrunde Tal der Dinosaurier. Es war von Felswänden eingeschlossen, den Wänden des ehemaligen Vulkans.

Thekla folgte seinem Blick. »Hier hatten auch die großen Sauropoden die Möglichkeit, die letzten hundertfünfzig Millionen Jahre zu überleben.«

Bendix wusste gar nicht, wohin er zuerst schauen sollte. Weit hinten in der Ferne stürzte ein Wasserfall von den Felsen hinunter, sprang schäumend über Steine, wurde zum Fluss. Ein Stück weiter war aus dem Fluss ein See geworden. In seiner Nähe weideten einige Pflanzenfresser Blätter von den Bäumen, die dort wuchsen. Sie standen auf den Hinterbeinen und stützten sich mit ihren Schwänzen ab. Ein paar kleine Fleischfresser hüpften an der Diplodocus-Herde vorbei und verschwanden in einem Felsenmeer.

Das ganze Tal war in Sonnenlicht getaucht und sah einfach wunderschön aus.

Doch Ida hatte den Kopf gesenkt. Sie starrte wie gebannt auf einen Punkt unter ihnen. »Mama!«, stieß sie heiser hervor.

Da sah auch Bendix nach unten. Und ihm gefror das Blut in den Adern. Nur ein kleines Stück weiter, am Fuß der Felsen, auf denen sie standen, lag ein toter Dinosaurier. Es war ein großes Tier, nicht so groß wie ein Diplodocus, aber viel zu groß, um einfach tot da unten zu liegen. Aber dass es tot war, daran bestand kein Zweifel. Fleischfresser hatten bereits große Stücke aus seinem Körper gerissen. Im Moment waren da aber nur ein paar kleinere Tiere, die von ihm fraßen. Archibald krächzte nervös.

Bendix drehte den Kopf weg und trat rückwärts. Er wollte das nicht sehen. Auch Ida war zurückgewichen. Ihr liefen Tränen über die Wangen. »Sie ist es«, schluchzte sie. »Sie ist es.«

»Ihr bleibt hier.« Thekla Salmonis' Stimme klang heiser. »Ich werde nachsehen.« Sie begann, die Felsen hinunterzuklettern.

Bendix und Ida setzten sich auf einen Stein unter einem großen Baum. Ida zog die Beine an und legte ihren Kopf auf die Knie. Sie schaukelte vor und zurück.

Auch Bendix sagte kein Wort. Er sah immer den toten Dinosaurier vor sich.

Es verging bestimmt eine Viertelstunde, in der sie nur dasaßen, ohne etwas zu sagen. Dann erschien Thekla Salmonis wieder am Rand der Felsen. Die Brille war verrutscht, der Hut hing im Nacken und Schweißtröpfchen perlten ihre Schläfen hinunter. Ihre kurzen Haarstoppeln standen in alle Richtungen vom Kopf ab.

Bendix und Ida sahen sie wortlos an.

Thekla Salmonis klopfte sich die Hose ab, dass es nur so staubte. »Sie ist es wirklich«, sagte sie dann tonlos. »Wir können wieder zurückgehen.«

Bendix drehte sich um, ohne einen weiteren Blick in das Tal der Dinosaurier zu werfen. Er hörte Ida hinter sich weinen. Dann begann Thekla Salmonis wieder zu sprechen. »Es sieht so aus, als sei sie von Allosauriern gejagt worden. Schaut euch die Spuren hier zwischen den Büschen an! Es waren mindestens zwei. Sie haben sie bis an den Rand der Klippe getrieben und dann ist sie abgestürzt. Ach, es ist einfach zu traurig.« Jetzt putzte sie sich die Nase, dass es nur so dröhnte. Ein paar Archäopteryxe flatterten erschrocken aus dem Farn am Wegesrand auf. Wortlos gingen sie zurück.

Als sie wieder zu dem großen Trampelpfad kamen, fing Archibald an, unruhig zu werden. Er trippelte auf Thekla Salmonis' Schulter hin und her und krächzte.

»Bendix! Psst, Bendix!«

Thekla Salmonis und Ida waren stehen geblieben und winkten Bendix zu sich. Er lief ein paar Schritte und drückte sich neben ihnen in einen Bärlappstrauch. Dann hielt er die Luft an und umklammerte seinen Stock. Was war los? Er lauschte, aber da waren so viele Geräusche um ihn herum.

Klang eines davon besonders nah und besonders gefährlich? Vorsichtig sah er sich um. Nichts. Doch, da! Ein Stück von ihnen entfernt tauchten auf einmal zwei Dinosaurier auf. Sie waren wirklich groß. Vor allen Dingen aber sahen sie sehr wütend aus. Lang und schlank waren sie, mit langen, schmalen Köpfen und Mäulern voller Zähne. Spitzer Zähne. Die Tiere fauchten und trippelten auf und ab. Wahrscheinlich witterten sie die Menschen. Auf ihren langen Beinen liefen sie mehrere Male hin und her, kamen aber zum Glück nicht näher. Dennoch traute Bendix sich nicht einmal zu atmen vor lauter Angst, die Tiere dadurch auf sich aufmerksam zu machen. Die beiden Dinosaurier fauchten noch einmal wütend, bevor sie mit wenigen großen Sprüngen verschwanden.

Es verging eine Weile, bis Bendix es wagte, sich wieder zu bewegen. In seinen Fäusten hielt er noch die abgerissenen Blätter, an die er sich geklammert hatte. »Was waren denn das für welche?«, keuchte er atemlos.

»Das waren Elaphrosaurier.« Thekla Salmonis blickte ihnen nach. »Denen solltest du lieber aus dem Weg gehen. Die können ganz schön unangenehm werden. Sie verspeisen dich zwar nicht mit einem Happs, sind aber eigentlich immer hungrig und schlecht gelaunt.«

»Ich bin auch hungrig und schlecht gelaunt«, knurrte Ida und wischte sich eine letzte Träne aus dem Augenwinkel.

»Wir gehen jetzt auch zurück und erlösen Chris. Und dann müssen wir uns überlegen, was wir mit den Eiern machen. Ich denke, es ist zu gefährlich, sie am Strand zu lassen. Wir können sie nicht Tag und Nacht bewachen.« Thekla Salmonis war schon auf dem Trampelpfad. Es sah aus, als hätte sie es eilig weiterzukommen.

Bendix versuchte, mit ihr Schritt zu halten. Er hatte für heute genug Dinosaurier gesehen. Aber vielleicht durfte er ja auf die Eier aufpassen, sie bewachen, bis die kleinen Camptosaurier schlüpften . . . Bei diesem Gedanken lief Bendix gleich noch ein wenig schneller.

Er war froh, wieder aus dem Wald herauszukommen und die frische Meerluft zu spüren. Tief atmete er durch. Aber je näher sie der Landzunge und dem Versteck mit den Eiern kamen, desto schwerer wurden Bendix' Beine. Außerdem hatte er Blasen von den neuen Stiefeln. Am liebsten hätte er sie ausgezogen und die Füße in das klare Wasser des Pazifik gesteckt. Aber Thekla Salmonis und Ida liefen unermüdlich weiter und Bendix fiel etwas zurück.

Deshalb merkte er auch nicht sofort, dass sie aufgehört hatten, miteinander zu reden. Erschöpft trottete er weiter durch den Sand, bis er sah, dass die beiden wie angewurzelt stehen geblieben waren. Sofort blieb auch er stehen und hielt die Luft an. Was war passiert? Schon wieder ein Fleischfresser?

Ein paar Sekunden lang war es still, abgesehen vom stetigen Branden des Ozeans. Dann schrie Ida auf. Sie schrie, als ob sie große Schmerzen hätte.

Jetzt lief Bendix doch los. Er brauchte nur ein paar Schritte, bis er erkannte, was passiert war. Das Nest! Das Camptosaurus-Nest war zerstört worden! Die Eierschalen lagen über den Strand verteilt, zertreten, zertrampelt. Der Sand war zerwühlt von Dinosaurierkrallen. Und die kleinen Camptosaurier . . . sie waren alle weg!

Bendix presste die Hände an den Kopf und drehte sich hin und her. Er brachte keinen Ton heraus. Dann sank er auf Knien in den Sand.

Ida schrie immer noch. Doch jetzt schrie sie einen Namen. »CHRIS!«, kreischte sie über den Strand. »CHRIS! KOMM – SOFORT – HERAUS!« Sie tobte durch den Sand, riss an den Büschen und schlug gegen jeden Baum. »ICH FINDE DICH JA DOCH!« Ihre Stimme überschlug sich vor Raserei.

Schließlich zerrte sie ihn hinter einem Büschel Schachtelhalme hervor, hinter dem er zusammengerollt lag wie ein Igel.

»Du solltest auf sie aufpassen!«, schrie sie, während sie ihn durch den Sand schleifte. »Du bist schuld, dass sie alle tot sind!«

Bendix hörte Chris winseln. »Ich kann nichts dafür! Da waren Allosaurier! Der ganze Strand war voller Allosaurier! Sie wollten mich fressen!«

»ALLOSAURIER?« Ida platzte fast vor Wut. »Waren sie zehn Meter hoch, hatten Köpfe wie Panzer und Krallen, so lang wie Brotmesser? Oder gingen sie dir vielleicht gerade mal bis zur Hüfte und hatten ein paar Federn an ihren Armen?« Sie stieß Chris in den Sand vor dem zerstörten Nest.

Chris heulte nur noch vor sich hin.

»Coelurus«, stieß Ida hervor. »Es waren nur ein paar mickrige Coelurus! Nicht mehr als drei!« Sie heulte auch.

»Sie hatten spitze Zähne!«, schluchzte Chris. »Sie wollten mich beißen!«

»Sie wollten nur die Eier. Und die haben sie auch bekommen, weil du sie ihnen überlassen hast.« Thekla Salmonis'

Stimme war rau. »Das war deine einzige Aufgabe, Chris. Die Eier zu bewachen.« Sie drehte sich weg.

Bendix griff in den Sand und presste ihn in seinen Fäusten zusammen. Er konnte den Anblick der zerbrochenen Eierschalen nicht mehr ertragen. Er wollte weg. Wollte Augen und Ohren verschließen und allein sein. Er krabbelte hinüber zu den Büschen, zu Idas Versteck, und zwängte sich hinein. Doch auf halbem Wege stieß seine Hand gegen etwas Hartes. Es war länglich und glatt. Er zog es unter dem Busch hervor.

Es war ein Ei.

Er hielt eines der Camptosaurus-Eier in den Händen und es war noch heil! Bendix' Herz begann zu rasen und ihm wurde ganz schwindelig, als er begriff, was er da entdeckt hatte. Er sprang auf. »Ein Ei!«, schrie er schrill. »Ich habe ein Ei gefunden!«

Sofort waren Thekla Salmonis und Ida bei ihm. Thekla Salmonis berührte es mit den Fingerspitzen. »Ja, das ist eins der Eier. Los, wir suchen die Büsche ab. Vielleicht finden wir noch mehr. Ida, schau in den Farnen nach!«

Sie drehten jedes Blatt um, wühlten im Sand und sahen sogar nach, ob nicht vielleicht Eier ins Wasser gerollt waren. Aber sie fanden kein weiteres Ei, das noch nicht zerbrochen war. Ida trat wütend gegen einen Stein. »Ein einziges Ei! Sie werden aussterben, ich sage es euch. Aussterben!« Sie starrte auf Chris, der noch immer reglos im Sand lag. Er wandte seinen Blick ab.

»Ja, aber dieses eine Ei haben wir. Wir nehmen es mit hoch zum Haus. Es kommt zu den Hühnern, damit die drei Compsognathen es in Ruhe lassen.« Thekla Salmonis legte Bendix die Hände auf die Schultern und sah ihm fest in die Augen. »Bendix, möchtest du die Aufgabe übernehmen, ein Nest zu bauen und das Ei zu überwachen? Und den kleinen Camptosaurier dann aufzuziehen, wenn er geschlüpft ist?«

Bendix hielt das Ei behutsam in seinen Armen. Er konnte nicht antworten. Aber er nickte heftig. Oh ja, er würde nichts lieber tun als das! Er würde alles tun, damit aus diesem Ei ein großer Dinosaurier wurde!

9.

Die Hühner gackerten und schlichen um Bendix herum, während er in ihrem Gehege Sand und Erde anhäufte. Eins pickte sogar nach ihm. »Lass mich!«, schimpfte Bendix und drehte sich zu den Hühnern um. »Und lasst gefälligst das Ei in Frieden, hört ihr? Wenn ihr was Nützliches tun wollt, dann könnt ihr beim Brüten helfen.« Aber die Hühner scharrten nur im Sand und liefen glucksend auf und ab.

Vorsichtig drückte Bendix das Dinosaurierei in die Mulde, die er mit den Händen geschaufelt hatte. Die Schale hatte noch keine Risse. Sie fühlte sich hart und fest an. Richtig leblos. Ein Schreck fuhr durch seine Brust. Was, wenn der kleine Camptosaurier in dem Ei auch schon tot war?

»Du musst leben!«, flüsterte er dem Ei zu. Dann bedeckte er es mit Blättern und Moos.

Während des Abendessens herrschte gedrückte Stimmung. Es wurde nicht viel geredet. Chris aß seine Seegurke, ohne einen Ton zu sagen. Ida aß gar nichts. Und auch Bendix schmeckte die gedünstete Goldmakrele auf Litschi-Curry-Soße nicht so richtig.

Nach dem Essen trug Chris wortlos seinen Teller in die Küche und verschwand in seinem Zimmer.

Bendix ging mit einer Öllampe noch einmal hinaus zum Hühnergehege und sah nach dem Ei. Es lag genauso in seinem Nest, wie er es hineingelegt hatte. Er seufzte. »Du musst leben, kleiner Dinosaurier«, flüsterte er ihm noch einmal zu und strich über die glatte Schale.

»Chrr . . . örg . . . zzz«, zischte es von hinten.

Bendix drehte sich um. Die drei Compsognathen standen hinter dem Zaun und starrten interessiert auf das Ei. »Chch . . . üz, üz, üz . . . zzz.«

»Träumt weiter«, lachte Bendix. »Das kriegt ihr nicht!« Dann stand er auf und schloss die Tür des Geheges hinter sich. Er setzte sich auf die Stufen der Veranda und löschte die Lampe. Jetzt war es ganz dunkel. Nur aus dem Haus fielen ein paar Lichtstrahlen.

Er lehnte sich zurück. Das Holz hinter seinem Rücken knackte und ein Brett verschob sich etwas. Bendix drehte sich um, um es wieder zurückzuschieben. Dabei merkte er, dass das Brett lose war. Und dahinter war . . . dahinter war ein Hohlraum. Ein wunderbarer Hohlraum.

Bendix wusste sofort, dass er gerade das perfekte Versteck für seinen Schatz gefunden hatte. Hier wäre er wirklich sicher vor Chris.

Er sprang auf, lief ins Haus und schlich wie eine Katze die Treppe hoch. Oben lauschte er kurz, aber alles war still. Mit klopfendem Herzen öffnete Bendix die Truhe und holte den Pappkarton unter den Wolldecken hervor. Dann lief er wieder hinaus auf die Veranda.

Der Karton passte genau in den Hohlraum. Bendix drückte das Brett wieder an und schob einen Holzsplitter als Keil darunter, damit es sich nicht so schnell wieder löste. Dann lehnte er sich wieder zurück und atmete tief durch.

Er lauschte den Geräuschen der Nacht, dem Brüllen, dem Krächzen, dem Tuten, dem Zischen. Bald würde er wissen, wer welche Töne von sich gab.

Es war noch stockdunkel am nächsten Morgen, als Tante Popeline Chris zum Stiefelputzen holte. Bendix drehte sich noch einmal auf seinem Sofa um und kuschelte sich in die Decke. Etwas später fielen die ersten schwachen Sonnenstrahlen durch die Fensterläden und Bendix stand auch auf. Schnell streifte er seine Kleidung über und sprang die Treppe hinunter. Er musste doch nach dem Ei sehen!

Auf den Stufen der Veranda saß Chris und bürstete die Stiefel ab. Er sah sehr schlecht gelaunt aus. »Das hast du mit Absicht gemacht«, knurrte er, als Bendix an ihm vorbeisprang. »Du bist mit Absicht in Dinosaurierkacke getreten!«

Bendix öffnete die Tür des Hühnergeheges und kniete vor dem Nest nieder. Noch immer nichts! Prüfend strich er über die glatte Eierschale, aber er spürte kein Leben. Sein Herz zog sich zusammen vor Enttäuschung und er konnte ein Seufzen nicht unterdrücken. Vorsichtig bedeckte er sein Ei wieder mit Moos und Laub.

Der Tag war angebrochen auf Floribunda. Die Pterosaurier kreischten und krächzten wieder unten am Wasser und fingen Fische.

Tante Popeline hatte den Tisch auf der Veranda gedeckt und alle sechs Einwohner der Insel setzten sich und frühstückten miteinander. Es duftete nach Kaffee und Schokolade. Jeder brach sich ein Stück vom Brotfladen ab, außer Chris, der wieder eine Seegurke auf dem Teller liegen hatte.

»Es ist selbstverständlich kein Brot«, erklärte Tante Popeline. »Schließlich haben wir kein Getreide auf der Insel. Die Fladen habe ich nach eigenem Rezept aus Brotfrüchten hergestellt. Aber sind sie nicht köstlich?« Sie sah Bendix mit bohrendem Blick an.

Der beeilte sich zu nicken. »Oh ja, sehr köstlich«, sagte er schnell. »Vielen Dank, Tante Popeline.« Er nahm sich noch etwas von dem Rührei, das auf dem Tisch stand.

Chris sah ihn finster an. »Schleimer!«, flüsterte er. Dann pikte er in seine Seegurke, dass es in alle Richtungen spritzte.

Nach dem Essen räumte Tante Popeline den Tisch ab. Thekla Salmonis lehnte sich in ihrem Stuhl zurück. »Eure Aufgabe für heute ist folgende«, sagte sie zu Bendix und Chris. »Ida wird euch Floribunda zeigen. Ihr werdet entlang der Küste einmal um die Insel laufen und Ida wird euch alles Wichtige erklären. Und ihr werdet euch alles merken.«

»Aber das Camptosaurus-Ei!« Bendix warf einen Blick hinüber zu den Hühnern. »Ich muss doch auf das Ei aufpassen.«

»Solange der Saurier noch nicht geschlüpft ist, kann Tante Popeline immer mal wieder nach dem Ei schauen. Später wirst du dich dann um das Tier kümmern.«

Bendix schluckte. Er wollte doch unbedingt dabei sein, wenn der kleine Dinosaurier ausschlüpfte!

»Tante Popeline wird euch auch einen kleinen Imbiss bereiten, denn es gibt außerhalb unseres Gartens nichts, was für Menschen essbar wäre.«

»Seegurken sind auch nicht essbar für Menschen«, knurrte Chris zwischen seinen Zähnen hindurch.

»Oh, Seegurken sind wunderbar, Chris«, strahlte Thekla Salmonis. »Sie sind so vitaminreich und nahrhaft und ich bin mir sicher, dass du schon mindestens ein Kilo abgenommen hast. Bald werden dir die Sachen, die wir am Flughafen für dich gekauft haben, richtig gut passen.« Sie klopfte ihm fröhlich auf den Bauch. Chris wich verärgert zurück.

»So, jetzt holt eure Stöcke und brecht auf! Es ist ein sehr langer Weg um die Insel herum. Nehmt Archibald mit!«

Das erste Stück bis zur Sandbank kannte Bendix schon. Danach wurde die Küste allmählich felsiger, doch immer wieder tauchten vor ihnen kleine Buchten auf mit herrlichem weißem Sand. Dort konnte man bestimmt die schönsten Muscheln und Schneckenhäuser finden! Sehnsüchtig sah Bendix auf einen Strand hinunter, der eingeschlossen war von hohen Felsen. Auch aus dem Wasser ragte ein einzelner Riesenfelsen auf, als wolle er die Bucht vor der See schützen. Kolonien von Pterosauriern saßen auf dem Felsen und krächzten oder glitten durch die Luft auf der Jagd nach Fischen.

Während die Küste rechts von ihnen steil zum Wasser hin abfiel, wuchs zu ihrer Linken verfilztes Gestrüpp bis dicht an die Felsen heran. Es ging nahtlos in die hohen Bäume des Waldes über, doch hier gab es keinen Pfad durch die Wildnis. Keinen Weg, der sie zum Tal der Dinosaurier hätte führen können. Das Dickicht bildete eine undurchdringliche Wand.

Bendix wandte den Blick ab und ließ ihn wieder übers Meer weit unter ihm schweifen. Der Wind zauste an seinen Haaren.

In der nächsten Bucht jedoch konnte man einigermaßen mühelos zwischen den Felsen absteigen. Sie kletterten hinunter, bis sie im Sand standen.

»Das ist eine der Stellen, an denen die Dinosaurier auch bis ans Wasser gehen können. Eine Schneise führt vom Tal der Dinosaurier im Inneren der Insel bis hinunter zum Strand. Seht mal, der Sand ist voller Spuren. Wisst ihr, wer die gemacht hat?« Ida zeigte auf ein paar besonders deutliche Abdrücke. Archibald sprang von ihrer Schulter; seine Krallen hinterließen winzig kleine Spuren in den großen.

»Soll das ein Test sein?« Chris ließ sich in den Sand fallen und streckte Arme und Beine aus. »Wir sind doch hier nicht in der Schule.«

»Wie du meinst.« Ida lehnte sich gegen einen Felsen, warf die langen Zöpfe zurück und betrachtete gelangweilt ihre

Fingernägel. »Macht ja sowieso keinen Unterschied, ob dich ein Elaphrosaurus oder ein Allosaurus frisst. Oder ob dich ein Aasfresser für leichte Beute hält, wenn du da so appetitlich am Boden liegst.«

»Aas. . . was?« Chris war so schnell aufgesprungen, als sei ihm eine Schlange ins Hosenbein gekrochen. »Du meinst, hier sind . . .« Er blickte sich mit zuckendem Kopf in alle Richtungen um und hielt seinen Stock umklammert.

»Im Moment nicht«, grinste Ida. »Aber was meinst du, wer all diese Spuren in den Sand gemacht hat?« Dann wandte sie sich zu Bendix um. »Weißt du es?«

Bendix hatte sich die Abdrücke der Krallen genau angesehen. Der ganze Strand war bis zum Wasser hinunter mit ihnen übersät. Beim gigantischen Quetzalcoatlus! Überall waren Abdrücke von Dinosaurierkrallen! Bendix wurde allein von der Vorstellung ganz schwindelig, wer hier alles entlanggelaufen war. Wie war das nur möglich? Er schüttelte den Kopf, aber die Frage ließ ihm einfach keine Ruhe: Warum gab es auf Floribunda noch Dinosaurier?

»Das hier sind Allosaurier-Spuren«, sagte er mit leiser, aber fester Stimme. »Die hier habe ich gestern schon gesehen. Die sind von Dryosauriern. Das da sind kleinere Fleischfresser gewesen, vielleicht Coelurus. Und die ganz großen sind bestimmt vom Diplodocus.«

»Stimmt genau«, sagte Ida und zeigte dann auf Spuren mit drei Krallen. »Was ist mit denen hier? Sie sehen ein wenig so aus, als sei hier ein Riesenvogel entlanggelaufen. Sie gehören auch zu einem Ornithopoden, also Vogelfußdinosaurier, wie den Dryosauriern. Aber deren Abdrücke sind kleiner.

Was meinst du, von wem die großen Spuren stammen könnten?«

Bendix biss sich auf die Lippen. Er hatte keine Ahnung.

»Vom Allosaurier!«, schrie Chris und wurde schon wieder ganz bleich.

Ida verdrehte die Augen und seufzte. »Allosaurier sind Theropoden, Chris. Echsenbeckendinosaurier. Das sind zumeist Fleischfresser. Ornithopoden sind Pflanzenfresser.«

»Ach so.« Chris entspannte sich ein wenig.

Ida strich über die Spuren des großen Ornithopoden. »Das hier«, sagte sie leise, »das hier sind die Spuren eines Camptosauriers.«

Bendix spürte sofort, wie sein Herz anfing, schneller zu schlagen. Ein Camptosaurier war hier vorbeigekommen! So einer, wie er zu Hause einen im Ei hatte. Nur dass der hier schon riesengroß gewesen war.

Bendix schluckte. Er kniete sich hin und legte seine Hand in den Krallenabdruck. Sie verschwand darin wie ein Paddelboot im Ozean.

Ida hatte sich ein paar Meter vor ihnen in den Sand gesetzt. Sie streckte ihre langen Beine aus und bohrte mit den Fersen Kuhlen in den Boden. Dann griff sie nach einem Stein und schleuderte ihn weit von sich. »Jetzt gibt es nur noch elf von ihnen.« Sie machte eine kleine Pause. »Sieben Weibchen und vier Männchen. Seitdem wir auf der Insel sind, haben sie noch nicht gebrütet. Mann, es war so cool, dass eine von ihnen in diesem Jahr ein Nest gebaut und Eier gelegt hat. Wir dachten echt, jetzt kriegen wir ein paar Junge, ein paar neue Camptosaurier. Und nun . . .« Ida nahm noch einen

Stein und schleuderte ihn fort. Dann war kein Stein mehr in greifbarer Nähe und sie warf eine Handvoll Sand gegen einen Felsen. Sie blickte aufs Wasser. Ihr Rücken sah wütend aus. Oder weinte sie?

Chris senkte seinen Kopf.

Bendix setzte sich vorsichtig neben Ida in den Sand. Er warf einen scheuen Blick zur Seite.

Ida hatte sich auf die Lippen gebissen. Eine blonde Haarsträhne hing ihr ins Gesicht. Sie pustete sie weg und sah Bendix an. Nein, zum Glück weinte sie nicht.

Da traute Bendix sich endlich zu fragen. »Wieso gibt es auf Floribunda überhaupt noch Dinosaurier? Und wie kommt es, dass ihr hier lebt? Wie habt ihr die Insel gefunden?«

Aber Ida sah ihn nur an. Sie hatte das ganze Gesicht voller Sommersprossen und einen breiten Mund, der sich jetzt zu einem leisen Lächeln verzog. »Tja«, sagte sie dann, »das war so . . .«

»Aasfresser!«, brüllte Chris. »Da kommen Aasfresser! Die rascheln dahinten in den Büschen! Wir müssen weg von hier!« Und er drehte sich um und kletterte die Felsen auf der anderen Seite der Schneise hoch, so schnell er konnte.

Sie gingen weiter. Durchquerten ein riesiges Felsenmeer und kamen dabei ganz schön ins Schwitzen. Es war heiß geworden.

»Trinkt ruhig eure Flaschen leer«, sagte Ida. »Wir kommen bald an eine Quelle.«

Das ließ Bendix sich nicht zweimal sagen. Er trank, bis kein Tropfen Wasser mehr in der Flasche war.

Es ging bergauf. Höher und immer höher kletterten sie, bis sie schließlich auf einer Hochebene standen. Man konnte weit übers Meer blicken. Am Horizont verschwammen ein paar Felsen im Dunst. Und gar nicht so weit entfernt ... Bendix lachte verblüfft auf. »Da ist ja noch eine Insel!« Er schirmte die Augen mit den Händen ab. Ja, da war noch eine Insel. Sie schien kleiner zu sein als Floribunda und flacher. Ein grüner Fleck im Pazifik, an dessen Ufer sich die Wellen brachen. Bendix sah weiße Schaumkronen. Er wollte sich zu Ida umdrehen, aber sie stand schon neben ihm.

Ein warmes Lächeln lag auf ihrem Gesicht. »Guano«, sagte sie nur.

»Guano?«, rief Bendix gegen den Wind an. Was sollte das schon wieder bedeuten? Irgendwoher kannte er das Wort. »Heißt die Insel so?«

Ida nickte, sagte aber nichts mehr. Sie lächelte nur einfach weiterhin die Insel an.

Einen Augenblick standen sie da und lauschten dem Meer, das weit unterhalb an die Felsen brandete.

»Leben da auch Dinosaurier?« Bendix folgte ihrem Blick, aber außer Grün konnte er nichts sehen.

Ida schüttelte den Kopf. Jetzt sah sie Bendix an. »Nein, Dinosaurier gibt es nicht auf Guano. Aber andere Tiere. Tiere, die genauso krass sind. Mindestens.« Sie grinste übers ganze Gesicht und ihre Haare wehten im Wind. »Du wirst sie kennenlernen. Aber nicht heute. Komm mit, ich will dir was zeigen.« Sie drehte sich um und winkte auch Chris zu, der ein Stück entfernt an einen Stein gelehnt am Boden saß.

Sie mussten nicht weit gehen. Wieder hörte Bendix ein

Rauschen. Diesmal war es nicht die Brandung. Es waren Wasserfälle in einem Talkessel, der sich schon nach wenigen Minuten Fußmarsch vor den Kindern öffnete. Er war viel kleiner als das Tal der Dinosaurier und viel grüner. Von den dicht bewachsenen Felsen sprangen unzählige Wasserfälle, die in einem See zusammenflossen. Und da unten am Wasser standen . . .

»Dinosaurier!« Chris hatte die Augen weit aufgerissen. »Echte Dinosaurier!« Er schnappte nach Luft wie ein Fisch auf dem Trockenen. Dann kniete er sich vornübergebeugt an den Rand des Felsens und starrte gebannt hinunter.

»Sie suchen hier Schutz vor der Mittagshitze.« Ida lächelte leise. »Um diese Zeit ist das Grüne Tal voll mit ihnen.«

Archibald reckte seine Flügel und krächzte zufrieden.

Und Bendix stand einfach nur da und staunte. Er sah eine Diplodocus-Herde im Wasser. Die Tiere fraßen und gleichzeitig peitschten sie mit ihren langen Schwänzen in die Luft, dass es nur so zischte. Sie waren so nah . . . Bendix' Herz schlug wie wild. Ein paar Elaphrosaurier liefen zwischen den Giganten herum. Dann waren da noch andere Sauropoden, ein wenig kleiner, aber trotzdem riesig groß. »Was sind das für welche?«, flüsterte er und zeigte auf die Tiere.

»Camarasaurier.« Ida lachte. »Hast du gesehen, was für große Köpfe sie haben? Sie sind den ganzen Tag nur mit Fressen beschäftigt, so wie alle großen Pflanzenfresser. Guck mal, dahinten!« Ida zeigte dorthin, wo sich über der schäumenden Gischt des größten Wasserfalls ein Regenbogen bildete. »Camptosaurier.«

Bendix' Hände wurden schweißnass. Er spürte, dass sein

Gesicht glühte. Eine kleine Gruppe von Camptosauriern hatte sich unter dem Wasserfall versammelt und nahm eine Dusche. Sie standen auf den Hinterbeinen wie auf Säulen, unbeweglich. Hoch wie Giraffen, nein, höher und viel kräftiger dabei. Mit den braunen und grünlichen Streifen und Flecken auf dem Rücken waren sie zwischen Bäumen sicherlich gut getarnt. An der Unterseite waren ihre Körper heller. Bendix betrachtete ausgiebig die langen, breiten Köpfe mit den Hornschnäbeln am Ende. Das waren also die Letzten ihrer Art. Er dachte an sein Ei und wünschte sich mit jeder Faser seines Herzens, dass aus ihm auch einmal solch ein wunderschönes, großes Tier werden würde.

»Kommt, wir essen was«, sagte Ida und setzte sich auf einen Stein. Auch Bendix ließ sich am Rand des Tales nieder. Chris rappelte sich zum Sitzen auf. Dann öffneten sie ihre Rucksäcke. Bendix fand in Algen gewickelten Fisch, ein Stück Fladen und eine Banane. Er seufzte vor Wonne, als er in den Fisch biss und gleichzeitig von oben den Dinosauriern beim Essen zusah.

Chris seufzte auch, als er in seine Seegurke biss.

Es war gut, dass sie ihre Flaschen bei den Wasserfällen aufgefüllt hatten, denn anschließend umrundeten sie den Fuß des Qualmers und es wurde trocken. Sehr trocken. Auf dieser Seite der Insel gab es keine Felsen mehr. Es war eher eine Sandwüste. Die Kinder liefen jetzt dicht am Wasser, weil der Boden dort etwas fester war. Der Vulkankegel, der in einiger Entfernung in die Höhe ragte, sah von hier unten gigantisch aus.

Ein plötzlicher Wind wirbelte den Sand auf und trieb ihn

in ihre Haare und die Kleidung. Die wenigen verkrüppelten Büsche spendeten keinen Schatten. Einmal sahen sie in der Ferne die Umrisse von gewaltigen Sauropoden. Die Giganten waren nur schwer zu erkennen in dem Staub, den sie selbst aufwirbelten. Sie wirkten so unwirklich, wie Geister, die durch den Nebel schwebten.

Selbst das Wasser war hier leise, es plätscherte nur leicht an den Strand.

Keiner von den dreien sagte etwas. Nicht einmal Archibald krächzte. Bendix' Zunge klebte am Gaumen.

Aber Chris hatte es noch schwerer. Er stöhnte und ächzte und fiel immer weiter zurück. »Können wir mal eine Pause machen?«, japste er schließlich.

Ida drehte sich um. »Das ist gerade ganz schlecht.« Sie sah sich in alle Richtungen um. »Dieser Abschnitt der Insel ist total ungeschützt. Wir sollten ihn ziemlich schnell durchqueren.«

»Ungeschützt?« Chris quollen fast die Augen aus dem Kopf. »Was meinst du damit, ungeschützt? Ist es hier gefährlich?« Jetzt sah auch er sich um.

»Na ja«, Ida zog die Nase kraus, »sagen wir mal so: Wenn uns hier jemand angreifen sollte, können wir uns nirgendwo verstecken.«

»Jemand . . . ANGREIFEN?« Chris' Stimme war nur noch ein Piepsen. »Du meinst . . . vielleicht . . . ein Allosaurier? Aber . . . aber was machen wir dann?«

»Tja, wir könnten immer noch ins Meer ausweichen. Wobei Allosaurier für einen leckeren Happen durchaus auch ins Wasser gehen würden. Wir müssten dann ein Stück rausschwimmen. Oder . . .«, Ida sah sich um und ihre Stimme wurde plötzlich ganz leise, »wir kriechen hinter den Busch da vorn. Aber ganz schnell und lautlos. Jetzt!«

Schon hatte sie sich dicht am Boden in die dürren Zweige gepresst, die sie kaum verbargen. Archibald flatterte mit den Flügeln, gab aber keinen Laut von sich.

Bendix spürte, wie seine Beine unter dem Körper nachgaben. Sein Kopf war leer. Er sprang einfach nur noch hinter Ida her. Neben sich hörte er Chris heftig keuchen.

»Pssst«, zischte er.

Und dann spürte er es. Der Boden bebte. Da waren Schritte, die direkt auf sie zukamen. Sie kamen näher. Und näher. Es dröhnte immer mehr. Das Tier musste riesig sein.

Ein gigantischer Dinosaurier lief auf sie zu!

Chris presste die Hände auf den Mund. Trotzdem hörte Bendix sein leises Wimmern.

Ida hatte ein paar Zweige zur Seite gedrückt. Eine Schweißperle lief ihre Schläfe hinunter. Sie biss sich auf die Lippen und schloss die Augen.

Bumm – bumm – bumm. Das Gewicht des baumgroßen Tieres ließ die ausgedörrten Zweige des Busches zittern.

Bendix zitterte auch. Trotzdem musste auch er einen Blick durch das Gestrüpp werfen. Und da sah er sie. Sie waren zu zweit.

Zwei Allosaurier.

Bendix' Gehirn rutschte ihm in den Magen und wurde dort zu einem harten Klumpen. Sein Herz hämmerte, als wolle es ihm aus der Brust springen.

Der größere der beiden Saurier legte den Kopf in den Nacken und brüllte. Ein lang anhaltendes Brüllen, so durchdringend, so fremd und so laut, dass es schmerzhaft durch Bendix' Körper schoss. Er fühlte sich wie gelähmt, unfähig, sich zu bewegen.

Chris neben ihm schlotterte.

Jetzt brüllte der andere Allosaurier, dass Bendix das Blut in den Adern gefror. Er starrte auf das gewaltige Tier, obwohl ihm schon die Augen tränten. Dieser riesige Kopf mit Zähnen, so lang wie Säbel, weit, weit über ihm! Die Höcker über den Augen hatten sich blutrot verfärbt. Der Allosaurier stand auf seinen Hinterbeinen wie auf zwei Baumstämmen. Er brüllte.

Der andere lief um ihn herum. Auch seine Augenhöcker leuchteten rot. Er war etwas kleiner, aber mindestens genauso wütend.

Wieder bebte der Boden unter Bendix. Er fühlte sich wie ein Käfer, wie eine Ameise, winzig klein und diesen unvorstellbar riesigen Tieren völlig ausgeliefert. Ein Schritt zur Seite und sie würden ihn zertrampeln, ein Happs und sie könnten ihn durchbohren, verschlingen . . .

Ganz plötzlich, so schnell, dass Bendix zusammenzuckte, stürzte der Kleinere sich auf den Größeren und versuchte, ihn in den Nacken zu beißen.

Der Große brüllte. Seine Zähne blitzten im Sonnenlicht. Er warf sich herum und rammte den anderen in die Seite, dass es nur so krachte. Wie zwei Panzer, die in voller Fahrt aufeinanderprallten. Der große hob den Kopf und schlug seine Zähne in den Hals des kleineren Allosauriers. Der brüllte nun auch. Blut spritzte, dann riss er sich los und wich zurück. Er stolperte und stürzte, stürzte ... direkt neben den Busch, unter dem die Kinder lagen ...

Bendix schrie auf, aber das ging im Lärm unter. Alles um ihn herum vibrierte, als der gigantische Körper in den Sand krachte, nur ein Stück von Bendix entfernt. Sofort versuchte der kleinere, sich wieder aufzurappeln, aber der große Allosaurier war schon da und warf sich auf ihn. Das Gebrüll des kleineren, nur wenige Meter von den Kindern entfernt, ließ Bendix vor Schmerzen aufstöhnen. Aber er war immer noch wie gelähmt, unfähig, die Hände auf die Ohren zu pressen.

Jetzt rappelte sich der kleinere Allosaurus doch hoch. Einen winzigen Moment lang schwankte er, dann floh er mit großen Schritten. Aus einer tiefen Wunde am Bein floss Blut. Es hinterließ eine breite Spur im Sand.

Der andere Allosaurier rannte wütend hinterher, die Vorderbeine mit den gebogenen Krallen zu einem weiteren Angriff erhoben. Es dauerte nur Sekunden, dann waren sie im Staub verschwunden.

Bis die drei Kinder jedoch wieder aufstehen konnten, vergingen noch ein paar Minuten. Ida kroch als Erste unter dem Busch hervor. Sie war von oben bis unten mit Staub bedeckt und zitterte am ganzen Körper. Archibald drückte sich eng an sie. »Heiliger Huia«, krächzte sie. »Lasst uns von hier abhauen! Bendix? Chris?«

Bendix zog sich an den Zweigen des Busches hoch. Er konnte kaum auf den Beinen stehen und sagen konnte er auch nichts. Er nickte nur stumm.

Chris hatte die Arme um seinen Kopf geschlungen und winselte vor sich hin. Als Bendix an seiner Schulter rüttelte, schrie er auf. »Nein! Nein! Ich will nicht sterben! Aaargh!« Er wälzte sich im Sand.

»Sie sind weg, Chris.« Ida gab ihm einen leichten Stoß mit dem Stiefel. »Komm! Komm schnell!« Sie sah sich in alle Richtungen um. Ihre Augen flackerten unruhig.

Das ließ sich Chris nicht zweimal sagen. Er sprang auf und rannte los, am Wasser entlang, wobei er schnaufte und keuchte wie eine Dampflok.

Das letzte Stück ihres Weges war traumhaft schön – ein weißer Sandstrand, so weit das Auge reichte, aber es war nur ein Katzensprung bis in den Wald. Die üppigen Pflanzen wuchsen hier bis an den Strand hinunter.

»Muschelsand haben wir den Strand getauft«, erklärte Ida, »weil man hier die tollsten Muscheln und Schneckenhäuser der ganzen Insel findet. Das da drüben sind übrigens Lepidodendron-Bäume. Und der große da, das ist ein Mammutbaum.«

Bendix konnte nicht mehr zuhören. Er sah auch nicht mehr, wie herrlich dieses Stück Küste war, wie klar das türkisfarbene Wasser. Seine Beine taten weh und es gelang ihm nur noch mit Mühe, die Augen offen zu halten, die brannten von der Sonne und der Hitze.

»Schaut mal, diese Abdrücke stammen von Ornitholestes, kleinen Fleischfressern. Coole Flitzer mit Federn am Hinterkopf. Sie werden etwa zwei Meter lang.« Ida war stehen geblieben, um auf ein paar Spuren im Sand zu zeigen. Aber sie grinste nur, als sie Bendix und Chris sah, die sich hinter ihr durch den Sand schleppten.

Bendix war schwindelig und er zog seine Wasserflasche aus dem Rucksack. Gierig trank er sie aus. Auf dieser Seite der Insel gab es genug Frischwasser.

Chris taumelte an ihm vorbei. Er sah aus, als würde er gleich umfallen. »Es ist nicht mehr weit«, tröstete Ida sie. »Da vorne ist schon die felsige Landzunge, da müssen wir noch einmal rüber, aber dann sind wir auch schon da.«

Chris stöhnte.

Bendix wusste später nicht, wie er nach Hause gekommen war. Er konnte sich nur noch daran erinnern, dass eine große Kanne Papaya-Mango-Saft auf der Veranda stand, als er die Stufen hochgekrochen kam. Und Tante Popeline war da. Sie schenkte ihm ein Glas ein, so wie auch Ida und Chris. Bendix ließ sich auf einen Stuhl fallen. Der Saft schmeckte wunderbar, süß, lecker und erfrischend. Tief atmete er durch und schloss die Augen.

Hier würde er heute nicht mehr aufstehen. Er wollte nur noch sitzen und seine Beine ausstrecken. Vielleicht noch die Stiefel ausziehen. Aber ansonsten würde er keinen Finger mehr rühren. Aaah, tat das gut!

»Ach, übrigens, Bendix.« Das war die Stimme von Tante Popeline. Bendix öffnete die Augen ein ganz kleines bisschen.

»Du solltest mal nach deinem Camptosaurier-Ei sehen. Ich denke, da hat sich etwas getan.«

Mit einem Schlag war Bendix hellwach. Er riss die Augen auf, schoss vom Stuhl hoch und sprang mit einem Satz in den Garten.

10.

Atemlos kniete Bendix sich in den Hühnerdreck und schob die Blätter zur Seite. Da lag es. Das Camptosaurier-Ei. Und es lag tatsächlich nicht mehr so da, wie er es am Morgen verlassen hatte.

Bendix vergaß seine schmerzenden Füße und die brennenden Augen. Er strich mit den Fingern über die Schale, spürte die feinen Risse an der Oberseite. Wenn er das Ei ein bisschen drehte, dann sah er sogar einen größeren Riss, der sich gezackt wie ein Blitz von einem Ende zum anderen zog.

Bendix ballte seine Fäuste, schloss die Augen und drehte sein Gesicht zum Himmel. Am liebsten hätte er laut gejubelt. Es lebte! Sein Camptosaurus-Junges lebte und es würde bald, bald aus dem Ei schlüpfen!

Mit einem Mal fühlte er sich überhaupt nicht mehr müde und schlapp. Bis in die Haarspitzen spürte er die Energie, die durch seinen Körper schoss. Er hätte vor Glück noch einmal um die Insel rennen können.

Oh ja, er würde dafür sorgen, dass aus diesem Ei ein großer Dinosaurier wurde! Und wer weiß – vielleicht würde er die Camptosaurier damit sogar vor dem Aussterben bewahren.

Plötzlich spürte Bendix ein komisches Kitzeln im Magen. Nachdenklich betrachtete er das Ei. Er wusste so wenig über Camptosaurier!

Langsam stand er auf und klopfte sich den Hühnermist von der Hose. *Ida,* dachte er. Er musste zu Ida. Sie konnte ihm alles erzählen, was sie über Camptosaurier wusste.

Sorgfältig bedeckte er das Ei wieder mit Moos und Laub. Dann verschloss er die Tür des Geheges hinter sich, denn Malm, Dogger und Lias standen schon wieder am Zaun und guckten sehr interessiert. Ihre Köpfe ruckten vor und zurück. »Chch!«, zischte Dogger und hakte seine Krallen im Gitter ein.

»Lasst das Ei in Ruhe!«, schimpfte Bendix. »Sonst brät Tante Popeline euch morgen zum Abendessen!«

Ida ging vor ihm her ins Wohnzimmer. Ihre hellen Zöpfe schimmerten im Licht der tief stehenden Sonne, das zum Fenster hereinfiel.

Bendix hüpfte ihr nach. Mit ihren langen Beinen konnte er kaum Schritt halten.

»Unsere Bücherregale.« Ida zog ein Buch heraus und warf die Zöpfe über ihre Schulter. »Wir haben hier so ziemlich alle

Bücher über Dinosaurier, die es gibt. Ich glaub allerdings nicht, dass du was über die Pflege von Camptosaurier-Babys findest.« Sie grinste Bendix schief an mit ihrem breiten Mund. »Ich kann dir leider auch keine Tipps geben. Ich hab noch nie ein Dino-Ei ausgebrütet. Ich bin für die Tiere auf der Guano-Insel zuständig. Mit denen kenne ich mich aus.«

»Was sind das für Tiere?« In Bendix' Bauch gluckerte es. Guano – an irgendwas erinnerte ihn das. Aber ihm wollte einfach nicht einfallen, an was. »Mammuts? Säbelzahntiger?« Wenn auf Floribunda Dinosaurier überlebt hatten, wer mochte dann auf Guano wohnen?

Aber Ida schüttelte den Kopf. Sie schob sich auf die Fensterbank und lehnte sich gegen den Rahmen. Ein leises Lächeln glitt über ihr Gesicht. »Nein, keine Mammuts und keine Säbelzahntiger.« Sie überlegte einen Moment. »Ich zeig sie dir mal. Später. Wenn ich dir sage, was für Tiere es sind, bist du bestimmt enttäuscht. Und das haben sie nicht verdient. Sie sind so ein wilder bunter Haufen, meine Guanos, und ich bin so gern drüben bei ihnen. Morgen fahre ich wieder hin. Ich kann es kaum erwarten!«

Jetzt war Bendix noch kribbeliger als vorher. »Du bist unfair! Erst machst du mich neugierig und dann verrätst du nichts. Was sind das für Tiere? Auch ausgestorbene?«

Ida grinste ihn an. Sie nickte. »Ausgestorben. Mausetot. Plattgemacht.« Dann grinste sie nicht mehr. Sie sah sogar richtig bekümmert aus. »Meinst du, du schaffst das, Bendix?« Es klang fast flehend.

Bendix senkte die Augen und zuckte mit den Schultern. Woher sollte er das wissen? Er hatte noch nie einen Dinosaurier aufgezogen. Auch keinen Leguan, keine Eidechse, keine Schlange. Kein einziges Reptil. Er sah wieder auf.

Ida schaute ihn durchdringend an.

Und Bendix nickte. Plötzlich wurde es ganz ruhig in ihm. »Ich tu alles, was ich kann, damit der Camptosaurier überlebt«, sagte er fest. »Alles.«

Ida seufzte. »Du musst es schaffen«, sagte sie leise und knibbelte am Holz des Fensterrahmens herum. »Sonst würde das Ganze hier keinen Sinn machen.«

Bendix setzte sich auf den Tisch und baumelte mit den Beinen. »Wieso seid ihr überhaupt hier, auf Floribunda?«, fragte er. Hoffentlich würde Ida ihm diesmal eine Antwort geben!

Ida schwieg und sah aus dem Fenster. Dann drehte sie sich zu Bendix. »Das frage ich mich auch manchmal. Ist es richtig, dass wir hier sind, oder ist es ein riesengroßer Fehler?« Sie seufzte. Dann sprang sie mit einem Satz von der Fensterbank. Mit einem Mal sah sie wieder sehr entschlossen aus und so, als würde sie jetzt keine Fragen mehr beantworten. »Kümmer du dich erst mal um das Ei. Lies die Bücher. Gib dem Camptosaurus zu fressen, wenn er geschlüpft ist. Schachtelhalme, Palmfarne, Koniferen. Blätter, Nadeln und Zapfen. Nichts aus dem Garten natürlich. Wahrscheinlich musst du das ganze Zeug vorher ein bisschen zerkleinern. Biete ihm Wasser an. Pass auf, dass ihn niemand frisst. Tu alles, damit er überlebt. Mehr kann ich dir im Augenblick auch nicht sagen. Alles klar so weit?«

»Na klar.« Bendix schluckte. Wenn er nur wüsste, was das Richtige war! Was würde er tun, wenn der kleine Saurier morgen aus dem Ei schlüpfte? Was würde eine Camptosaurus-Mutter tun?

Er zog ein paar Bücher aus dem Regal und nahm sie mit auf die Veranda.

Zwei Stunden später war es stockdunkel. Nur im Schein einer Öllampe konnte er noch lesen. Er beugte sich tief über *Das große Buch der Saurier.*

»Wie viele andere pflanzenfressende Dinosaurier besaß Camptosaurus ein sekundäres Munddach, das die Nasenhöhle von der Mundhöhle trennte und es dem Tier erlaubte, gleichzeitig zu atmen und zu kauen.« Bendix gähnte und schaute hinunter zum Wasser, auf dem das Mondlicht glitzerte. Aus dem Haus drangen leise Stimmen. Thekla, Ida und Tante Popeline. Sie unterhielten sich im Wohnzimmer miteinander.

». . . schwer verletzt«, hörte er Ida sagen, »wenn er überhaupt noch lebt. Der konnte kaum noch laufen, so hat das geblutet. Jagen kann er bestimmt nicht mehr.«

»Wir müssen ihn gleich morgen suchen.« Das war jetzt Thekla. »Ich hoffe, wir können ihn noch retten.« Der Rest ging in Gemurmel unter.

Die Hühner schliefen und auch das Ei gab keinen Knacks mehr von sich. Mindestens zehn Mal hatte Bendix schon nach ihm geschaut. Jetzt fielen ihm fast die Augen zu. Er saß einfach nur noch da, lauschte den Geräuschen der Nacht und sog den schweren, süßen Duft von Vanille und Schokolade ein. Das aufgeschlagene Buch war ihm von den Knien gerutscht.

»Chch!« – »Grr . . . rrr!«

Bendix öffnete die Augen wieder.

Zwei der Compsognathen stritten sich vor der Veranda um irgendetwas Fressbares. Bendix sah in der Dunkelheit nur ihre Umrisse. Aber er konnte erkennen, dass jeder an einem Ende zog. »Chchch!« – »Rrr . . . chch!«

Was auch immer es war, worum sie da stritten, es wurde immer länger und dünner. Gleich würde es reißen.

Aus dem Nichts tauchte der dritte Compsognathus auf, schnappte sich die Beute und verschwand in den Büschen.

Empört fauchten die ersten beiden und sprangen mit großen Sätzen hinterher.

Im Schuppen brannte noch Licht. Es schimmerte zwischen den Brettern hervor. Knut musste da sein, er werkelte leise vor sich hin. Kein Poltern, kein Sägen, kein Hämmern waren zu hören. Nur ein brummiges Summen wehte durch die Dunkelheit. Und ab und zu hörte man Knuts Stimme: »O-he, o-he, Matrosen ahoi«.

Bendix grinste. Er schloss die Augen. Heute konnte er nicht mehr an Camptosaurier denken.

Ob Chris schon schlief? Wahrscheinlich. Der Tag war sehr anstrengend gewesen.

»Bendix.« Thekla Salmonis steckte ihren Kopf aus der Tür in die Nacht. »Geh ins Bett. Heute wird nichts mehr passieren. Und du brauchst deinen Schlaf. Gute Nacht!«

»Gute Nacht!« Bendix warf noch einen letzten Blick in die Dunkelheit. Dann griff er nach den Büchern und ging ins Haus.

Obwohl es schon spät war, schlief Chris noch nicht. Er saß auf seinem Bett und stierte düster auf den Fußboden. Als Bendix die Tür öffnete, sah er auf. »Ich bleib keinen Tag länger hier«, stieß er hervor und funkelte Bendix an. »Nur damit du es weißt! Die glauben wohl, ich lass mich von einem Dinosaurier auffressen.«

Bendix schloss die Tür hinter sich. »Du musst hierbleiben. Für immer, hat Thekla Salmonis gesagt.«

»Hat Thekla Salmonis gesagt, hat Thekla Salmonis gesagt«, äffte Chris ihn wütend nach. »Gar nichts muss ich!« Er schlug mit seiner Faust auf die Bettdecke. »Deine Thekla Salmonis kann mich mal! Schleim du dich ruhig bei ihr ein und mach die ganze Drecksarbeit für sie! Ich werd jedenfalls keinen Finger mehr rühren!« Er warf sich aufs Bett und drehte den Kopf zur Wand.

Bendix sah auf seinen Rücken. Eine ganze Weile starrte er Chris auf den Rücken. Er wollte ihm irgendetwas sagen. Etwas Nettes. Aber ihm fiel nichts ein. Also legte er sich schließlich auf sein Sofa und zog sich die Decke über die Schultern.

Am nächsten Morgen war es noch dunkel, als Bendix aufwachte. Er hatte keine Ahnung, wie spät es war. Er wusste nur, dass er keine Sekunde länger liegen bleiben konnte. Er musste nach dem Ei sehen!

Leise schlüpfte er in seine Hose und zog sich einen Pullover über. Dann sprang er wie eine Katze die Treppe hinunter.

Im Haus war noch alles still. Das Holz knarrte unter Bendix' nackten Füßen. Im Wohnzimmer fand er eine Öllampe auf dem Tisch, in der Küche ertastete er die Streichhölzer neben der Feuerstelle. Endlich Licht!

Mit der Lampe in der Hand trat Bendix auf die Veranda.

Was für ein Sternenhimmel! Er ging die Stufen hinunter in den Garten. Über ihm war ein Meer an Sternen, die funkelten und glitzerten. Fremde Sternbilder, unendlich weit weg. Es nahm ihm fast die Luft, so schön sah es aus.

Eine kühle Brise ließ ihn frösteln. Er zog die Schultern hoch und lief die paar Schritte zum Hühnergehege. Im Schein der Öllampe sah er, dass der kleine Saurier noch nicht geschlüpft war. Eine Weile lang betrachtete er aufmerksam das Ei, das reglos in seinem Nest lag, dann ging er wieder ins Haus und griff nach einem Dinosaurierbuch.

Als sich die Sonne wie ein glutroter Ball über den Horizont schob, kam Leben ins Haus. Tante Popeline ging in die Küche, machte ein Feuer und fing an, mit Töpfen und Messern zu klappern. Bald zog ein Duft nach Algenfladen, Mangomus und Kaffee durchs Haus.

Dann hörte Bendix Stimmen von oben. Es waren Chris und Thekla Salmonis. Neugierig huschte er zur Treppe und lauschte.

»Nein, ich stehe nicht auf! Und ich werde mich auch nicht mehr um eure Dinosaurier kümmern! Ich fahre wieder nach Hause!«

Bendix spitzte die Ohren. Um noch besser hören zu können, schlich er ein paar Stufen hoch.

»Hör auf mit dem Unsinn, Chris!« Thekla Salmonis klang

sehr ärgerlich. »Selbstverständlich bleibst du hier und hilfst uns mit den Dinosauriern. Und zwar für den Rest deines Lebens. Das war so abgesprochen. Weißt du noch? Keine Angst vor großen Tieren, ehrlich, zuverlässig, mit anpacken können. Außerdem kannst du sowieso nicht wieder zurück.«

»Natürlich kann ich!« Jetzt heulte Chris fast. »Ihr bringt mich einfach wieder zurück. Sie haben mir nichts von Dinosauriern gesagt. Ich will nach Hause!«

Jetzt trat eine winzige Pause ein. Auf nackten Füßen lief Bendix die paar Schritte bis zur Tür. Dann drückte er sich gegen die Wand.

»Ich konnte dir nichts von Dinosauriern sagen«, hörte er die Stimme von Thekla Salmonis. »Aus dem gleichen Grund, warum du nicht wieder zurückkannst. Niemand außer uns darf wissen, dass es auf Floribunda noch Dinosaurier gibt. Würde ich dich wieder zurückbringen, würdest du es weitererzählen. Und dann hätten wir die Wissenschaftler hier, das Fernsehen, die Neugierigen. Sie würden die Tiere aufschrecken und ihren Lebensraum zerstören. Die Dinosaurier würden aussterben, diesmal endgültig. Deshalb müssen wir sie vor den Menschen beschützen. Das ist unsere Aufgabe. Auch deine.«

»Neiiin!«, heulte Chris auf. »Ich verrate nichts! Ich verspreche es! Bringt mich nach Hause! Bitte!«

Thekla Salmonis seufzte. »Es tut mir leid, ich kann dir nicht glauben, Chris. Du warst nicht ehrlich zu mir, als du behauptet hast, du seist mutig, tierlieb und zuverlässig. Aber«, Bendix hörte ein Klopfen, »du wirst es lernen. Zieh dich bitte an und komm zum Frühstück.«

Schritte näherten sich. Schnell kauerte Bendix sich hinter die Schatztruhe und hielt den Atem an. Die Tür ging auf, Thekla Salmonis kam heraus. Ohne nach rechts und links zu schauen, lief sie die Treppe hinunter. Bendix drückte sich gegen die Truhe.

Einen Moment lang hörte er nur das Schluchzen.

»Euch werd ich es zeigen!«, schniefte Chris dann leise. »Das werdet ihr mir büßen! Wenn ich erst wieder zu Hause bin, dann erzähle ich es allen Leuten und dann kommen sie und bringen die ganzen Mistviecher um!«

»Chris«, sagte Thekla Salmonis nach dem Frühstück, »du kommst heute mit mir. Wir müssen unbedingt nach dem verletzten Allosaurier suchen.«

Chris hatte die Lippen fest aufeinandergepresst und schüttelte den Kopf. Er hörte gar nicht mehr auf.

Ida verdrehte die Augen. »Heiliger Huia«, knurrte sie, »was für ein Blindgänger.«

»Er wird es lernen«, sagte Thekla Salmonis ruhig. »Du fährst heute rüber nach Guano, nicht wahr, Ida? Und Bendix, du bleibst hier und bewachst das Ei. Zwischendurch holst du Futterpflanzen und sammelst Treibholz am Strand denn du wirst ihm ein größeres Gehege bauen müssen. Er wird schnell wachsen.« Sie lächelte Bendix zu.

Ihm rieselte es warm durch den Bauch. Sein Camptosaurier! Wenn er doch nur heute schlüpfen würde! Keinen Tag länger würde Bendix warten können!

»Das ist unfair!« Chris stampfte mit dem Fuß auf. »Bendix darf hierbleiben und ich muss . . .«

»Bendix hat eine sehr verantwortungsvolle Aufgabe«, schnitt ihm Thekla Salmonis das Wort ab. »Von ihm hängt das Leben eines Tieres ab, das vom Aussterben bedroht ist. Und nun will ich kein weiteres Wort hören.«

Bendix war schweißgebadet. Unter jeden Arm hatte er eine riesige Holzplanke geklemmt, die er jetzt den Weg zum Haus hochschleppte. Sein ganzer Körper tat schon weh, aber er biss die Zähne zusammen und setzte einen Fuß vor den anderen.

Stöhnend ließ er die Bretter vor der Veranda fallen. Dort lag inzwischen schon ein kleiner Stapel Holz, das er vom Strand hochgeholt hatte. Und ein Blecheimer mit Blättern und Nadeln stand bereit.

Malm, Dogger und Lias standen vor dem Eimer und äugten hinein. »Chrr . . . örg«, machte Malm missmutig. Blätter und Nadeln waren ganz offensichtlich nicht nach seinem Geschmack. Lias hackte nach dem Eimer und warf ihn dabei um. Es schepperte. Erschrocken stoben die drei Compsognathen auseinander.

»Ja, rennt ihr nur. Da ist sowieso nichts für euch dabei«, lachte Bendix.

Es war eigentlich völlig verrückt, was er tat. Er bereitete sich auf die Geburt eines Dinosauriers vor. Wie war es nur möglich, dass aus seinem Ei ein echter Camptosaurus schlüpfen würde, der doch eigentlich seit hundertfünfzig Millionen Jahren ausgestorben war?

Warum hatten die Tiere auf Floribunda überlebt – und nur hier? Er musste unbedingt Thekla fragen, vielleicht war sie gesprächiger als Ida – denn die machte ja ein Riesengeheimnis darum. Warum nur weihten die Bewohner der Insel ihn nicht endlich ein? Er gehörte doch jetzt auch dazu!

Bendix seufzte.

Wenn nur auch Chris endlich sehen könnte, was für ein Wunder es war, auf Floribunda leben zu dürfen.

Obwohl Bendix heute wirklich nicht mit ihm tauschen wollte. Ihm steckte der Kampf der beiden Allosaurier noch in den Knochen und er war froh, dass er nicht derjenige war, der jetzt nach dem verletzten Allosaurus suchen musste.

Mit seinem Handrücken wischte er sich den Schweiß von der Stirn. »Puh!«

Aber bevor er auf die Veranda ging und ein Glas Wasser trank, lief er zum tausendsten Mal für heute hinüber zum Hühnergehege und schaute nach dem Ei. Da lag es und ... Moment mal! War der Riss in der Schale nicht ein klitzekleines bisschen breiter geworden seit dem letzten Mal?

Bendix schlüpfte ins Gehege und schob das Moos und die Blätter beiseite. Tatsächlich! Die zackigen Ränder der Eierschale klafften ein kleines Stück auseinander. Und das Ei bewegte sich! Das kleine Tier in seinem Inneren versuchte herauszukommen.

Bendix' Herz begann zu rasen. Er atmete schneller, sein Mund war auf einmal ganz trocken, aber an Trinken war jetzt nicht mehr zu denken. Er kniete sich vor das Nest.

Da! Es klopfte in der Schale! Das Ei ruckte hin und her. Dann lag es wieder still.

Die Spannung war kaum zu ertragen. »Komm raus, kleiner Camptosaurier«, lockte Bendix. »Komm, du schaffst es!« Er wischte sich die Hände an der Hose ab.

Wieder ging ein Ruck durch das Ei. Und dann brach tatsächlich ein Stück Schale heraus.

Bendix beugte sich noch weiter vor. Er hielt die Luft an. Alles, was er sehen konnte, war ein kleines bisschen braune Haut. Sie sah aus wie Leder. Am liebsten hätte er dem kleinen Saurier beim Zerbrechen der Schale geholfen. In seinen Fingern kribbelte es. Aber er wusste, dass der Saurier das alleine schaffen musste. Also knabberte Bendix an seinen Fingernägeln.

Und dann hackte sich ein kleiner Schnabel, den Weg in die Freiheit. Es war wirklich ein Schnabel, und als er erst einmal frei war, pflückte er noch weitere Stücke der Schale ab. Danach ging alles ganz schnell. Plötzlich brach der Rest der Eierschale auseinander und da stand dieses nagelneue Wesen in seinem Nest und schüttelte sich. Ein bisschen Eiweiß klebte noch feucht an seinem Rücken.

Bendix starrte es an. Er hatte den Mund geöffnet und starrte nur. Es war ein Wunder. Vor seinen Augen war gerade ein Dinosaurier geschlüpft, ein echter Dinosaurier, nicht länger als sein Unterarm. Er hatte winzige Krallen, wie schwarze Perlen. Der kleine Kopf ruckte hin und her. Das Dinosaurierbaby schien den Menschenjungen ebenso erstaunt zu betrachten wie der ihn.

»Da bist du ja.« Bendix brachte nur ein Flüstern hervor. Er schluckte. Dann streckte er langsam eine Hand aus. Der kleine Camptosaurier duckte sich und hackte danach. Trotzdem legte Bendix ihm die Hand auf den Rücken. Er war ein wenig klebrig, glatt und warm. Die Schuppen fühlten sich noch ganz weich an, wirklich wie Leder.

Ich berühre einen Dinosaurier, schoss es Bendix durch den Kopf.

Ich berühre einen Dinosaurier.

Jetzt legte er dem Saurierbaby auch die andere Hand auf den Rücken. Seine Hände schlossen sich um den kleinen Körper und er hob ihn hoch. Kurz ruderte das Tier mit seinen Hinterbeinen, dann entspannte es und die Beinchen hingen schlaff hinunter, genauso wie die kurzen Arme. Es grunzte.

Bendix konnte nicht anders. Er presste das Camptosaurus-Junge an sich, strich über den kleinen Kopf und spürte etwas, das er nicht mehr gespürt hatte, seitdem seine Mutter ihm das letzte Mal Gute Nacht gesagt hatte. Sein Herz schien zu brennen. Eine ganze Weile saß er so da, überwältigt von seinen Gefühlen.

»Hast du Hunger?«, fragte er den Kleinen dann. »Ich habe Blätter für dich gesammelt. Komm, wir gehen zur Veranda.«

»Kru«, gurrte das Saurierbaby und Bendix musste es schon wieder an sein Herz drücken.

Er setzte sich auf die unterste Stufe und fischte ein paar Farnblätter aus dem Eimer, die er in kleine Streifen riss. Der junge Camptosaurier hockte auf seinem Schoß und sah ihm aufmerksam zu. Und dann fing er tatsächlich an, an den Blättern zu knabbern! Mit dem Schnabel riss er kleine Stücke ab, die er dann mit den winzigen Krallen seiner Arme festhielt wie ein Eichhörnchen, das an einer Nuss nagt.

Bendix konnte sich an dem kleinen Tier gar nicht sattsehen. Er saß nur da, gab ihm ab und zu ein Ginkgo-Blatt oder ein Stück Farn und schaute ihm beim Fressen zu. Er strich über die weiche Lederhaut und wusste, dass das Leben gut zu ihm war. »Ich werde dich Toni nennen«, wisperte er.

Ein wenig später lief Toni schon hinter Bendix her. Er lief auf seinen Hinterbeinen, aber manchmal stützte er sich zusätzlich mit den kurzen Armen ab. Alles fand er interessant.

»Halt, nein!«, rief Bendix, als Toni seinen kleinen Schnabel in ein Blatt eines Süßkartoffelstrauches hackte. »Das ist nichts für Dinosaurier. Davon wirst du krank!« Vorsichtig entfernte er das Blatt und nahm Toni auf den Arm.

»Kru«, zirpte der kleine Saurier.

»Wie soll ich denn ein Gehege bauen, wenn ich ständig auf dich aufpassen muss?« Bendix hielt Toni vor sein Gesicht. Da fiel sein Blick auf Knut Salmonis, der den Gartenweg hochkam.

Freudestrahlend lief Bendix ihm entgegen.

Knut Salmonis trug zwei Fische in einem Korb und kaute auf seiner Pfeife herum. Als er Bendix sah, blieb er stehen. »Beim Klabautermann, ist das denn die Möglichkeit?«, knurrte er, aber er knurrte sehr freundlich.

»Herr Salmonis, schauen Sie, er ist geschlüpft!« Mit glühendem Gesicht hielt Bendix ihm Toni hin.

Knut Salmonis setzte den Korb ab. Mit seinen kräftigen Fingern strich er dem Dinosaurierbaby sanft über den Rücken. Einen Moment lang sprach keiner von ihnen.

»Wunderbar«, sagte Knut Salmonis dann mit rauer Stimme. »Ganz wunderbar.« Er räusperte sich. »Komm, ich helfe dir dabei, einen Unterstand zu bauen. Wir setzen ihn zunächst mal in eine Kiste, die wir auf die Veranda stellen. Dort ist er geschützt, während wir am Strand sind. Schütte die restlichen Blätter hinein, dann hat er zu fressen und ist beschäftigt.« Er legte eine Hand auf Bendix' Schulter. »Und sag nicht *Herr Salmonis* zu mir. Ich bin Knut, verstanden?«

Bendix nickte. »Ja, Knut.« Er grinste ihn an.

Es war gut, dass Knut da war. Er konnte mehrere Baumstämme gleichzeitig tragen, als seien es Zahnstocher, und dabei noch Pfeife rauchen. Bendix schleppte eine Planke hinter ihm her an den Kakaosträuchern vorbei und sog dabei den süßlichen Duft des Tabaks ein. Jetzt war doch eigentlich eine günstige Gelegenheit, Knut nach Guano zu fragen, oder?

Polternd ließ Bendix seine Planke vor der Veranda fallen und wischte sich mit dem Handrücken über die Stirn. »Knut?« Seine Stimme klang ganz harmlos. »Ist Ida noch nicht zurück von Guano?«

Knut schritt die Umrisse des Geheges ab und rammte dann eine Schaufel in den Boden. »Nee«, knurrte es aus seinem roten Bart.

Bendix holte tief Luft. »Holst du sie nachher mit der *Iguana* ab?«

Die Pfeife zwischen Knuts Zähnen wippte auf und ab. »Ay.« Er fing an, ein Loch in den Boden zu schaufeln. »Bring mir mal den Baumstamm, Junge! Den großen dahinten.«

Bendix sah sich um. Oh Mann, der war wirklich groß! Er zerrte an der rauen Rinde, konnte den Stamm aber kaum bewegen. Knut musste mit anpacken. Gemeinsam stellten sie ihn aufrecht hin und versenkten ihn im Loch.

»Kann ich mitkommen?«, fragte Bendix so ganz beiläufig.

Knut zog den Stamm aus dem Boden, um ihn anschließend noch tiefer hineinzurammen. »Wohin?«

»Na, nach Guano!« Verzweifelt verdrehte Bendix die Augen. Aus Knut war ja noch viel weniger herauszubekommen als aus Ida!

Jetzt sah Knut ihn an. Die Falten um seine wasserblauen Augen wurden noch tiefer. War er sauer oder grinste er in seinen Bart hinein? »Nee, mien Jung.« Die Pfeife wippte auf und ab. »Du bleibst man schön hier und kümmerst dich um deinen Toni. Und wenn die Zeit gekommen ist, dann fährst du auch mal mit nach Guano. Klar?«

»Klar«, murmelte Bendix.

»Und jetzt gib mir mal den Hammer, Junge! Den großen da.«

Als Thekla Salmonis mit Chris aus dem Wald zurückkam, war eine Wand des Geheges schon fast fertig.

Tante Popeline verscheuchte gerade die drei Compsognathen, die auf der Veranda standen und interessiert auf Tonis Kiste starrten.

»Kru«, gurrte es aus der Kiste. Malm zuckte mit dem Kopf.

»Verschwindet! Ksch, ksch!« Tante Popeline wedelte mit den Armen. »Hatschi!«

»Chchch!«, fauchte Dogger. Die drei Dinosaurier stemmten die Beine in den Boden. Sie wollten nicht gehen.

»Er ist geschlüpft!«, rief Bendix Thekla Salmonis entgegen. »Der kleine Camptosaurier ist da! Und er hat schon ganz viel Grünzeug gefressen!«

Thekla Salmonis sah wütend und erschöpft aus. Aber jetzt

verzog sich ihr Gesicht doch zu einem Lächeln. »Oh, wie wundervoll, Bendix! Wo ist er?«

»Auf der Veranda. Kommen Sie!« Bendix lief vor und schob den Deckel von der Kiste.

»Kru«, gurrte Toni.

Bendix nahm ihn heraus. »Das ist Toni«, sagte er stolz und streichelte den ledrigen Rücken.

»Toni«, wiederholte Thekla Salmonis. »Ein schöner Name.« Dann seufzte sie. »Ich bin froh, dass du dich um ihn kümmerst. Ich bin mir sicher, bei dir wird er zu einem großen und starken Tier heranwachsen.« Sie strich Bendix über den Kopf. »Es ist gut, dass wir dich hier haben, Bendix.« Dann drehte sie sich um und ging die Stufen hinunter in den Garten, wo Knut ihr entgegenblickte, während er kleine Rauchwölkchen paffte. Leise sprach sie mit ihrem Mann.

Archibald, der von ihrer Schulter gehüpft war, pickte auf dem Boden nach etwas Essbarem.

Chris saß in der anderen Ecke der Veranda. Er starrte mit gesenktem Kopf auf den Boden, die Lippen wütend zusammengepresst.

Er sah aus, als hätte er mal wieder Mist gebaut.

11.

Toni wurde von Tag zu Tag größer und verputzte riesige Mengen an Blättern, Nadeln und Schachtelhalmen.

Bendix liebte es, morgens mit ihm loszuziehen. Mal ließ er Toni am Waldrand fressen, dann wieder waren sie auf der Landzunge unterwegs. Toni fraß alles, was grün war. Mit seinem kräftigen Schnabel biss er Zweige ab, die er in den Krallen hielt, während er sie abkaute. Und er wich Bendix keinen Schritt von der Seite.

Wie öde waren dagegen die Vormittage, an denen Tante Popelines Schulunterricht stattfand! Am meisten mochte Bendix das Fach Inselbiogeografie. Aber warum nur mussten sie dazu am Wohnzimmertisch sitzen, obwohl sie die Insel direkt vor der Nase hatten?

Die Sonne schien durchs Fenster und malte flackernde Lichtkringel an die Wand, draußen raschelte und wisperte, krächzte und fiepte es. Das Gemisch an süßen Düften war fast betäubend.

Und Bendix, Chris und Ida lümmelten sich auf ihren Stühlen.

»Guten Morgen, Kinder!« Tante Popeline schob die Brille auf die Nasenspitze und äugte wie ein Raubvogel auf die drei hinab. »Sitzt gerade und benehmt euch, wie es sich in der Schule gehört! Wer kann mir sagen, wo wir das letzte Mal stehen geblieben sind?«

Ida meldete sich eifrig. Sie schnipste mit den Fingern.

»Ja, Ida?« Tante Popeline sah misstrauisch aus.

»Bei *Auf Wiedersehen, Kinder, und habt einen schönen Nachmittag,* Tante Popeline!« Ida grinste breit, griff sich ihr Heft und die Stifte und tat so, als wolle sie gehen.

Tante Popeline machte einen sehr schmalen Mund.

Thekla Salmonis suchte weiterhin nach dem verletzten Allosaurus, den sie noch immer nicht gefunden hatten. Mal hatte sie Ida dabei, mal einen maulenden Chris. Ein paar Mal kam sogar Knut mit, obwohl der am liebsten mit seiner *Iguana* unterwegs war. Doch jedes Mal kamen sie zurück, ohne den Saurier gefunden zu haben. »Es ist wie verhext.« Sie schüttelte den Kopf und ruckelte an ihrer Brille. »Dass so ein großes Tier einfach so verschwinden kann! Ich hoffe nur, er hat sich nicht zum Sterben irgendwo tief in den Wald zurückgezogen.« Dann sah sie besorgt zu den Baumwipfeln hinüber und rannte mit großen Schritten auf und ab wie ein aufgeschreckter Vogel.

Malm, Dogger und Lias fanden Toni nicht mehr so interessant. Er war jetzt auch fast so groß wie sie und dabei schwerer als die drei wendigen Fleischfresser. Als Beute kam er also nicht mehr infrage. Deshalb suchten sie sich lieber ein paar Eidechsen und andere kleine Reptilien.

Eines Abends, etwa drei Wochen, nachdem Toni geschlüpft war, brachte Bendix dem Camptosaurier seine Nachtration Grünfutter ins Gehege. Obwohl Toni den ganzen Tag gefressen hatte, stürzte er sich darauf, als wäre er völlig ausgehungert. Bendix setzte sich zu ihm. Er kraulte seinen ledrigen Nacken, der immer schuppiger wurde. Hellere grünlich graue Streifen liefen über den dunklen Rücken und machten den kleinen Dinosaurier im Wald fast unsichtbar. Aus den schwarzen Perlen seiner Krallen waren kleine Hufe geworden.

Bendix sprach nicht. Er war einfach nur mit Toni zusammen. Das reichte. Er schaute ihm beim Fressen zu und lauschte dem Gezirpe der Grillen im Garten. Da hörte er Stimmen. Es waren Thekla und Knut Salmonis. Sie saßen auf der Veranda.

»Er hat es noch immer nicht begriffen«, seufzte Thekla Salmonis. »Dabei gibt es keinen anderen Weg. Er wird bis an sein Lebensende auf Floribunda bleiben und bei der Arbeit mit den Dinosauriern helfen. Punkt.«

Kein Zweifel, sie sprachen mal wieder über Chris.

»Bislang hat er allerdings mehr Schaden angerichtet, als dass er uns genützt hat. Er verschreckt die Tiere, tritt in ihre Gelege, kann sich nicht einen Namen merken. Er ist wie ein Klotz am Bein.«

»Er will nicht.« Das war jetzt Knut. »Er weigert sich zu lernen. Er glaubt tatsächlich immer noch, dass er die Insel verlassen und wieder zurückkann.«

Dann war es für einen Augenblick still. Bendix roch den süßlichen Duft von Knuts Pfeifentabak. Er sog die Luft ein und rubbelte Toni über den Bauch. Der Dinosaurier gurrte entzückt. Eine große Libelle surrte vorbei.

»Ich weiß schon gar nicht mehr, was ich mit ihm machen soll.« Thekla Salmonis atmete tief durch. »Morgen wollte ich die Ornitholestes-Herden durchzählen, um zu sehen, wie viel Nachwuchs es in diesem Jahr gegeben hat. Dabei könnte ich gut Hilfe gebrauchen, aber wenn ich Chris mitnehme, kann ich genauso gut hierbleiben.«

»Nimm Ida mit«, brummte Knut. »Chris wird morgen mit mir aufs Boot kommen. Vielleicht hat er ja ein besseres Händchen fürs Angeln.«

»Chris?« Jetzt kicherte Thekla Salmonis. »Der muss doch schon kotzen, wenn er die *Iguana* nur von Weitem sieht.«

Knut und Thekla Salmonis lachten leise. Dann stießen sie ihre Trinkgläser aneinander. Bendix hörte das helle *Kling*. »Prost«, sagten sie. »Auf Chris, den begabten Angler!«

Bendix lehnte sich gegen den Zaun. Er musste grinsen – und gleichzeitig spürte er einen Schmerz im Bauch, den er nur zu gut kannte. Er wusste genau, wie es sich anfühlte, wenn man einsam und unglücklich war.

»Das könnt ihr vergessen!«, schrie Chris.

Sie saßen am Frühstückstisch, die Sonne schien und die Brotfruchtfladen waren goldgelb gebacken und dufteten herrlich. Ohne Chris am Tisch hätte Bendix sich gefühlt wie im Paradies.

»Ich fahre nicht mit raus aufs Meer zum Angeln! Da gibt es Riesenmonster, die mich fressen wollen!« Chris verschränkte die Arme vor der Brust und sah bockig aus.

Tante Popeline ließ ihre Kaffeetasse sinken. »Hör sofort mit dem Gezeter auf!« Sie kniff die Augen zusammen und machte einen spitzen Mund. »Solch ein Verhalten am Tisch dulde ich nicht!«

Aber Chris beachtete sie gar nicht. Wütend stieß er gegen den Tisch, sodass seine Seegurke vom Teller kullerte.

»Beim Klabautermann, es reicht!« Knut Salmonis sprang auf und packte ihn am Arm. »Du gehst sofort runter zur *Iguana* und wartest dort auf mich. Setz deinen Hut auf und nimm zwei Flaschen Wasser mit. Und ansonsten halt die Klappe!«

Chris sprang auf. Sein Gesicht war rot wie ein Vulkankrater kurz vorm Explodieren. Er warf seinen Stuhl um, dass es nur so krachte, und stürmte ins Haus.

»Können wir ihn nicht einfach an die Allosaurier verfüttern?« Ida griff nach einer Banane.

»Er wird es lernen«, sagte Thekla Salmonis ruhig.

Toni wartete schon hinter dem Zaun, als Bendix ihn holte. Er stand auf seinen Hinterbeinen und versuchte, über die Holzplanken zu schauen. Doch dafür war er noch zu klein.

»Kru«, gurrte er, als Bendix die Tür öffnete.

»Guten Morgen, mein Toni!« Bendix legte ihm die Arme um den Hals. »Hast du schon wieder Hunger? Komm mit!«

Auf kräftigen Beinen lief der Camptosaurier in den Garten und blickte sich suchend um. Dann riss er mit seinem Schnabel ein großes Blatt vom Brotfruchtbaum ab, das an einem langen Zweig dicht über dem Boden wuchs.

»Nicht!« Bendix griff nach dem Blatt, aber Toni hatte sich schon abgewandt und rannte mit großen Sätzen den Weg zum Strand hinunter.

»Bleib stehen, Toni! Das Blatt ist nicht gut für dich! Spuck es aus!« Bendix lief hinterher, so schnell er konnte, aber er holte den Dinosaurier erst an der Gartentür ein.

Toni kaute, schluckte und sah sehr vergnügt aus.

Bendix runzelte die Stirn. »Kannst du nicht mit dem Fressen warten, bis wir draußen sind? Hier wächst kein Dinosaurierfutter. Nur Menschenpflanzen. Davon bekommst du Bauchschmerzen.« Er öffnete die Tür und ließ Toni hinaus. Der stürzte sich sofort auf das Strandkraut vor dem Zaun und riss sich ein Maulvoll heraus.

Bendix stemmte die Hände in die Seiten und schüttelte den Kopf. »Du bist wirklich gefräßig«, lachte er. »Komm mit, wir gehen heute an den schönen Strand hinter der felsigen Landzunge. Zum Muschelsand.«

Seit der Wanderung um die Insel herum war Bendix nicht mehr dort gewesen. Und dabei musste man ja eigentlich nur über die paar Felsen klettern, die sich als bewaldete Landzunge weit ins Meer streckten. Bendix hatte sie jeden Tag vor Augen, wenn er vom Haus in die Bucht hinunterschaute.

Er konnte sich nur noch an schneeweißen Strand und türkisfarbenes Wasser erinnern – und daran, dass er fürchterlich müde gewesen war. Aber heute war er wach und munter und freute sich darauf, nach Strandgut und anderen interessanten Dingen Ausschau zu halten.

Toni folgte Bendix, wobei er immer wieder aufgeregte kleine Laute von sich gab. Als es aber zu felsig wurde, kam er nicht mehr weiter.

»Kru«, zirpte er und lief unruhig vor den Steinen hin und her. Er reckte den Hals und rupfte mit seinem Schnabel etwas Moos aus einer Felsspalte.

»Komm her, ich trage dich!« Bendix griff nach Toni und hob ihn hoch. »Puh, bist du schwer geworden!« Er klemmte den kleinen Dinosaurier unter einen Arm, denn den anderen brauchte er zum Klettern. Obwohl die Felsen nicht hoch waren, war es ganz schön schwierig. Es wurde auch nicht leichter dadurch, dass Toni mit seinen Beinen ruderte. »Kru«, gurrte er und zupfte an Bendix' Ohr.

»Halt still!«, schimpfte Bendix und setzte Toni einen Moment lang ab, um zu verschnaufen. »Wir haben es doch gleich. Schau mal, wir sind schon oben. Jetzt müssen wir nur auf der anderen Seite wieder runter.«

Toni schlüpfte zwischen ein paar Zykaden, wo er sofort begann, die farnartigen Blätter abzurupfen. Er schien sich sehr wohlzufühlen.

Bendix seufzte. »Komm weiter! Da unten ist es noch schöner.« Er konnte doch schon auf den endlosen weißen Strand hinuntersehen. Also klemmte er sich den Dinosaurier wieder unter den Arm und machte sich an den Abstieg.

»Kru«, schimpfte Toni und hackte nach Bendix' Hand. Bendix hatte sich Stiefel und Hose ausgezogen und watete durch das Wasser. Es war glasklar und warm wie in der Badewanne. Kleine Fische flüchteten in Schwärmen vor seinen Füßen. Immer wieder bückte er sich, um etwas Interessantes aufzuheben. Schöne Steine, Muscheln und Schneckenhäuser ... da würde Tante Popeline sich freuen! Er sammelte die Schätze in seinem Hemd, dann ging er ans Ufer und breitete sie auf dem Sand aus. Da war eine stachelige Muschel, so groß wie seine Hand, eine gepunktete Kaurischnecke ...

Es knackte am Waldrand. Bendix sah sich um. Toni stand im Farn und kaute. Alles schien in Ordnung zu sein.

Bendix stand auf und ging ein paar Schritte am Strand entlang. Dort lag etwas Blaues ... er lief schneller. Ein Seil! Das würde er mitnehmen, so etwas konnte man immer gebrauchen. Er wickelte es sich um die Hüfte. Dann blickte er sich wieder nach Toni um. Der stand noch immer im Farn, hatte aber seinen langen Kopf jetzt erhoben und schaute in den Wald hinein. Er bewegte keine Kralle.

Hörte er etwas? Bendix lauschte. *Ich habe meinen Stock vergessen,* dachte er. *Meinen Stock, den ich hier draußen immer dabeihaben sollte.* Er biss sich auf die Lippen und suchte mit den Augen die Umgebung ab. Nichts. Da war nichts, womit er Toni und sich verteidigen könnte, wenn ... Sein Herz begann, schneller zu schlagen. Was würde er tun, wenn im Wald Fleischfresser wären, die seinen Toni angreifen würden?

So leise wie möglich lief er auf den Camptosaurier zu. Er war noch so klein! Für einen Allosaurier gerade mal ein Häppchen für den hohlen Zahn!

»Toni!«, wisperte Bendix. »Toni, komm! Komm schnell her!«

Toni bewegte sich nicht. Er wirkte unruhig, obwohl er stocksteif dastand.

Bendix schlich noch näher. Der Farn raschelte, als er hindurchlief. Sein Herz schlug ihm bis zum Hals. Er hatte Toni fast erreicht, als er auf einmal ein lautes Rascheln und Knacken aus dem Wald hörte. Es war ganz nah.

Ohne nachzudenken, griff Bendix nach Toni, klemmte ihn sich unter den Arm, drehte sich um und rannte. Rannte nur und rannte, einmal den Strand hinunter und dann ins Wasser. Das Wasser spritzte, er rannte weiter, so weit, bis es zu tief wurde und er nur noch mühsam gehen konnte.

»Kru«, murrte Toni, als das Wasser seinen Bauch erreichte, und zog die Beine an.

Erst da drehte Bendix sich um. Und erstarrte. Am Ufer standen Elaphrosaurier. Bestimmt acht oder neun Tiere. Einige von ihnen waren so hoch wie die Baumfarne am Waldrand. Die ersten setzten bereits vorsichtig ihre langen, schlanken Beine ins Wasser, auf denen sie so schnell waren wie Geparden. Einer rannte fauchend am Strand auf und ab. Bendix sah die scharfen Zähne in seinem Maul. Dann lief der erste Elaphrosaurier mit großen Schritten ins Wasser.

Bendix sackte das Blut in die Füße. Was, zum gehörnten Carnotaurus, sollte er nur tun? Noch weiter ins Wasser? Aber da, wo die Elaphrosaurier noch laufen konnten, musste er schon schwimmen. Und im Arm hielt er immer noch Toni ... Fieberhaft sah er sich um. Ein Stück weiter ragten ein paar Felsen aus dem Meer. Wenn er die erreichte, könnte er sich dort vielleicht verstecken.

Er paddelte mit dem freien Arm, kämpfte sich durchs Wasser. Es gluckerte, spritzte und machte einen Höllenlärm. Und er kam nur im Schneckentempo vorwärts. Strampelnd und spuckend drehte er den Kopf. Waren die Elaphrosaurier schon hinter ihm? Nein, sie standen noch immer am Ufer und starrten ihn an. Nur zwei oder drei von ihnen hatten sich weiter hineingewagt, sie staksten durch das flache Wasser wie Störche im Salatbeet, wobei sie wütend krächzten.

Sie sind wasserscheu, fuhr es Bendix durch den Kopf. *Oh, bitte, bitte! Sie müssen wasserscheu sein!* Er hatte den ersten Felsen fast erreicht, aber er fühlte auch, wie seine Kräfte allmählich schwanden. Aber schließlich hatte er es geschafft: Mühsam zog er sich an den Steinen hoch. Erst jetzt traute er sich, einen Blick zum Strand zurückzuwerfen, und ihm fiel ein Stein vom Herzen: Alles war unverändert – die Elaphrosaurier schienen sich tatsächlich nicht weiter ins Wasser hineinzutrauen. Sicherheitshalber kletterte Bendix jedoch weiter, auf die Rückseite der Felsen, wo ihn die Elaphrosaurier nicht sehen konnten. Der Arm, mit dem er Toni festhielt, war schon ganz lahm. Zitternd vor Erschöpfung ließ er sich schließlich auf einen Felsvorsprung fallen, der von der Sonne ganz warm war, und schnappte nach Luft. Sein Herz raste, der Atem ging schnell und das Wasser lief ihm aus den Haaren.

Toni schüttelte sich. »Kru«, knurrte er vorwurfsvoll und drehte sich von Bendix weg.

»Ja, mecker du noch!« Bendix zog die Augenbrauen zusammen. »Ich hab dir gerade das Leben gerettet, du undankbarer Dinosaurier!« Einen Moment lang blieb er einfach nur so sitzen, Toni an sich gepresst und mit geschlossenen Augen, und wartete darauf, dass sich sein Herzschlag wieder beruhigte.

Toni pickte an dem nackten Stein herum und stieß missmutige Laute aus.

Dann hörte Bendix noch ein anderes Geräusch. Es war eine Art Brummen, wie von einem Motor. Die *Iguana?* Er öffnete die Augen wieder und suchte das Meer ab. Die Sonne spiegelte sich auf dem Wasser und blendete ihn. Mit den Händen schirmte Bendix sein Gesicht ab und kniff die Augen zusammen. Tatsächlich, dahinten war ein Boot. Es war noch ziemlich weit weg, aber es kam näher.

Das Wasser gluckerte an die Steine und der Schatten eines größeren Fisches glitt vorbei. Lichtkringel spielten auf Bendix' Beinen. Und das Brummen des Motors wurde lauter.

Jetzt setzte Bendix sich aufrecht hin. Noch war das Boot zu weit weg, um es genau zu sehen, aber eins stand schon fest: Es war nicht die *Iguana*. Dieses Boot war weiß. Die *Iguana* dagegen war aus Holz und bunt bemalt. Und auch nicht so groß.

Bendix' Herz setzte einen Schlag lang aus. Ein Boot kam geradewegs auf die Insel zu. Ein Boot mit fremden Menschen. Mit Menschen, die nichts von den Dinosauriern wissen durften. Und er konnte nichts tun, als dazusitzen und aufs Meer zu starren. Er schluckte trocken. *Toni und mich werden sie nicht entdecken, wenn sie nicht ganz nah herankommen,* dachte er. *Wir sind zu klein. Aber die Elaphrosaurier am Strand . . .* Ob sie noch da waren? Flink wie ein Affe kletterte er um den Felsen herum. Brachiosaurier-Kacke! Da staksten sie am Strand herum und steckten die langen Hälse zusammen. Sie sahen aus, als würden sie darüber beraten, was sie als Nächstes tun wollten.

Verschwindet, dachte Bendix verzweifelt. *Geht wieder in den Wald zurück.* Am liebsten hätte er sie angeschrien. Aber natürlich verhielt er sich still. Sonst hätte er die Tiere nur wieder auf sich aufmerksam gemacht. Er schlüpfte zurück auf die andere Seite des Felsens.

»Kru«, gurrte Toni, der schon auf ihn gewartet hatte. Offensichtlich hatte er ihm den Ausflug ins Wasser verziehen.

»Was sollen wir bloß machen, Toni?« Bendix legte seine Arme um den Hals des Camptosauriers. »Wenn sie uns entdecken, dann ... dann wirst du aussterben.« Die Vorstellung war zu schrecklich. Er zog seine Beine an und bohrte sich die spitzen Knie ins Kinn.

Das Wasser plätscherte gegen den Felsen, auf dem Bendix und Toni saßen, aber das Brummen des Motors übertönte alles. Dabei war das Boot immer noch ziemlich weit weg. Trotzdem klang es wie eine dicke Hummel, die ihnen um den Kopf schwirrte. Bendix hätte am liebsten nach ihr geschlagen.

Toni knabberte einen Knopf von Bendix' Hemd ab.

Verzweifelt rieb Bendix den langen Kopf des Camptosauriers. »Was sollen wir nur tun, Toni?«

Das Boot schien langsamer geworden zu sein. Es brummte jetzt leiser und tiefer. Noch war es ein ganzes Stück von der Küste und den Felsen entfernt. Noch.

Bendix kniff wieder die Augen zusammen. An Bord bewegte sich etwas. Menschen. Was taten sie? Blickten sie gerade durch ein Fernglas und beobachteten die Elaphrosaurier? Er konnte es nicht erkennen. In seinen Füßen begann es zu kribbeln und er biss sich auf die Lippen. »Verschwindet!«, flüsterte er. »Los, haut ab!« Wieder kletterte er um den Felsen herum. Und atmete auf. Die Elaphrosaurier waren weg. Da war nur noch der weiße Strand einer einsamen Insel.

Bendix blickte von links nach rechts und wieder zurück, aber es war nichts mehr zu sehen, was auf die Existenz von Dinosauriern hinwies. Puh!

Langsam kraxelte er zurück, zog Toni an sich und rutschte hinter einen Felsvorsprung. Seine Knie waren vor lauter Erleichterung gummiweich.

Das Boot dümpelte auf dem Wasser und schien sich gar nicht mehr zu bewegen. Bendix traute sich auch nicht mehr, sich zu bewegen. Er saß reglos da und starrte hinaus aufs Meer, bis ihm die Augen brannten.

Auch Toni war ganz ruhig. Er knabberte ihm noch einen Knopf ab.

Und dann, nachdem eine ganze Weile vergangen war, brummte der Motor wieder auf. Bendix hielt die Luft an und presste Toni an seine Brust. Das Boot fuhr weiter – man sah die weiße Gischt am Bug aufspritzen. Es fuhr eine Weile parallel zur Küste, dann drehte es ab und wurde immer kleiner und immer kleiner. Und dann war es weg.

Erst jetzt lehnte Bendix sich zurück und streckte die steifen Beine aus. Er atmete tief durch und fühlte sich müde und zerschlagen.

Das Boot war weg. Aber was, wenn es wiederkäme? Oder ein anderes Boot?

Er mochte gar nicht daran denken.

»Komm«, sagte er und klemmte sich Toni unter den Arm. »Wir müssen zurück.«

»Kru«, murrte Toni und ruderte mit den Beinen, als Bendix mit ihm ins Wasser glitt.

Der Strand lag noch immer weiß und verlassen da. Nur der aufgewühlte Sand und die zahlreichen Spuren bewiesen, dass tatsächlich Elaphrosaurier hier gewesen waren. Bendix legte eine Hand in einen der Krallenabdrücke und ihm lief ein Schauer den Rücken hinunter.

Schnell schlüpfte er in seine Hose und die Stiefel und stopfte die schönsten Muscheln und Schneckenhäuser in seine Taschen. »Toni!«, rief er und pfiff auf den Fingern.

Toni sah auf. Er saß schon wieder im Farn und fraß.

Thekla Salmonis war sehr besorgt, als Bendix ihr von dem Boot berichtete. Mit gerunzelter Stirn griff sie nach ihrer Brille und ruckelte daran. Archibald knabberte an ihrem Ohr.

»Wie weit waren sie entfernt, sagst du? Glaubst du, sie haben die Elaphrosaurier gesehen?«

Sie saßen zusammen mit Ida und Tante Popeline auf der Veranda und tranken einen Ananas-Maracuja-Saft. Bendix senkte den Blick. Er konnte nur mit den Schultern zucken. »Ich weiß es nicht.«

Thekla Salmonis sprang so plötzlich auf, dass Archibald laut krächzend aufstob und ein paar Meter davonflatterte. Mit Riesenschritten lief sie auf der Veranda auf und ab. »Wir müssen Vorsichtsmaßnahmen treffen«, murmelte sie. »Falls sie wiederkommen. Sie dürfen keine Dinosaurier sehen.« Sie blieb stehen und sah Bendix, Ida und Tante Popeline scharf an. »Heute Abend bei Sonnenuntergang ist Versammlung auf der Veranda. Alle Bewohner von Floribunda müssen beraten, was zu tun ist, wenn wir noch einmal unliebsamen Besuch bekommen. Jeder muss seine Aufgabe erhalten.« Dann begann sie wieder, auf und ab zu laufen. »Ach, wenn nur Knut schon da wäre! Vielleicht hat er das Boot ja auch gesehen.«

Knut kam eine halbe Stunde später, sie hörten ihn schon unten im Garten schimpfen. »Beim Klabautermann, denkst du auch jemals nach? Glaubst du, wir können morgen in den Supermarkt gehen und eine neue Trinkflasche kaufen? Wir waren den ganzen Tag an Bord, da musst du doch wissen, wo du deine Flasche gelassen hast!«

Man konnte nicht verstehen, was Chris antwortete, aber seine Stimme klang patzig.

Ida stöhnte auf und legte den Kopf in den Nacken. »Und ich hatte so gehofft, der Liopleurodon würde ihn fressen.«

Tante Popeline zog missbilligend die Stirn kraus. »Sprich nicht so, Kind! So etwas darf man niemandem wünschen.«

»Chris schon«, knurrte Ida. »Wo der hintritt, gibt's Ärger.«

Zwischen den Büschen mit Beeren tauchten Chris' Kopf auf und dann seine Schultern und seine Arme. Er trug den Eimer mit den Fischen. Grimmig polterte er die Stufen zur Veranda hoch und ging wortlos an Thekla Salmonis, Tante Popeline, Bendix und Ida vorbei ins Haus.

Knut Salmonis stapfte hinter ihm her. Er biss auf dem Stiel seiner Pfeife herum. Sein Kopf war fast so rot wie seine Haare. Vor der Veranda blieb er stehen und breitete die Arme aus. »Der Bengel hat seine Trinkflasche verloren. Verloren! Auf einem Boot! Ist das denn die Möglichkeit?« Dann sah er die vier Gesichter und verstummte. Er nahm sogar die Pfeife aus dem Mund.

»Was ist passiert?«, fragte er leise.

12.

Bei Sonnenuntergang trafen sie sich auf der Veranda. Tante Popeline hatte frische Kokosmilch und Algenchips auf den Tisch gestellt, aber niemand nahm davon.

Alle sahen sehr besorgt aus, bis auf Chris, der sich auf der Brüstung der Veranda lümmelte und kleine Holzsplitter abpulte.

»Setz dich gerade hin, Junge«, zischte Tante Popeline und funkelte ihn durch ihre Brillengläser an, »Thekla wird gleich die Versammlung eröffnen.«

»Mir doch egal«, knurrte Chris zwischen seinen Zähnen hindurch, aber so leise, dass nur Bendix es verstand. Zumindest hörte er mit dem Pulen auf.

Thekla Salmonis war aufgesprungen. Die Brille saß schief

auf ihrer Nase und sie sah mehr denn je aus wie ein aufgeschreckter Vogel. »Liebe Bewohner von Floribunda«, rief sie und es klang eher hektisch als feierlich, »ich rufe die erste offizielle Versammlung der Insel ein! Der Grund ist, wie wir alle wissen . . .«

Bendix sah verblüfft auf. Die erste Versammlung? War denn bisher noch nie ein Schiff in die Nähe von Floribunda gekommen?

». . . dass Bendix vor der Küste ein Boot gesehen hat. Bendix, berichte uns bitte von deiner Beobachtung.« Sie ließ sich auf ihren Stuhl fallen und nahm die Brille ab.

»Ja, äh, klar.« Bendix sprang auf und merkte, dass ihm die Röte ins Gesicht schoss. Er hielt sich an der Tischkante fest. »Also, ich war . . . ich habe . . . ich war mit Toni . . . äh, ihr habt doch bestimmt schon öfter Boote hier gesehen, oder? Das kann doch nicht das erste gewesen sein.« Er blickte in die Gesichter der anderen. »Was habt ihr denn sonst gemacht, wenn Leute in die Nähe von Floribunda gekommen sind?«

Thekla Salmonis tauschte einen Blick mit Knut aus, dann mit Ida.

Tante Popeline starrte auf ihre Fingernägel.

Chris starrte in die Schüssel mit den Algenchips.

»Wir haben noch nie ein Boot so nah an der Insel gesehen«, stieß Ida dann mit rauer Stimme hervor, »noch nie. Aber wir wussten, dass das irgendwann mal passieren würde. Papa hat schon ein paar Mal Schiffe gesehen, wenn er mit der *Iguana* draußen war. Und es werden immer mehr.«

»Ay, das ist leider richtig«, knurrte Knut Salmonis in seinen

Bart. »Als wir vor sieben Jahren hierherzogen, dachten wir, Floribunda läge so weit abseits von allen Routen, dass sich niemals ein Schiff in die Nähe der Insel verirren würde. Doch wir haben uns getäuscht. Der Schiffsverkehr nimmt zu in der letzten Zeit. Und jetzt kommen sie schon bis in unsere Gewässer.«

Einen Augenblick lang schwiegen alle. Nur der süßliche Duft von Knuts Pfeife hing in der Luft und mischte sich mit dem von Vanille und Schokolade.

»Ja und deshalb«, sagte Thekla Salmonis eine Spur zu forsch, »müssen wir hier und heute Vorsichtsmaßnahmen treffen. Was tun wir, wenn wir noch mal ein Boot vor der Küste sehen? Was tun wir, um zu verhindern, dass fremde Menschen an Land kommen? Was tun wir, um die Dinosaurier zu schützen?«

Sie warf Knut einen Blick zu.

»Nun«, knurrte Knut, »ich werde auf meinen täglichen Touren mit der *Iguana* die Insel umrunden und die Küste im Auge behalten. Sehe ich ein Schiff, dann, dann ...«

»Dann bläst du das Nebelhorn«, warf Ida ein. »Drei Mal kurz. Das heißt *Schiff in Sicht*. Und dann ... und dann ...«

»Dann sperre ich die drei Compsognathen und Toni im Haus ein.« Tante Popeline verzog den Mund zu einem schmalen Spardosenschlitz und hackte mit ihrem Storchenschnabel in Idas Richtung. »Falls diese Menschen an Land kommen und die Ungezogenheit besitzen, ein fremdes Grundstück zu betreten. Obwohl das selbstverständlich Gift für meine Allergie sein wird.«

Bendix zitterte. Die Vorstellung, dass fremde Menschen

Floribunda betreten könnten, dass sie die Dinosaurier, dass sie seinen Toni sehen könnten, machte ihn ganz schwindelig. »Ich werde immer die Küste beobachten, wenn ich am Strand bin«, sagte er schnell. »Wenn ich etwas Komisches sehe oder das Tuten höre, dann mache ich so viel Lärm wie möglich, um die Dinosaurier in den Wald zu treiben.«

»Gut, Bendix.« Thekla Salmonis hatte rote Flecken am Hals und ruckelte zum zigsten Male an ihrer Brille herum. »Einer von uns, möglichst Knut, muss dann versuchen, die Leute schon unten in der Bucht abzufangen und wieder zum Umkehren zu bewegen. Sollte das nicht gelingen, greifen die anderen ein . . .«

». . . und erzählen ihnen erst einmal, dass sie sich auf einem Privatgrundstück befinden, diese ungehobelten Kreaturen . . .«

»Ja, danke, Popeline, und dann . . . und dann . . .« Thekla Salmonis nahm die Brille ab und fuchtelte mit ihr herum.

»Dann sagen wir ihnen, dass sie sich in einem radioaktiv verseuchten Testgebiet des polynesischen Militärs befinden und einen grausamen Tod erleiden werden, wenn sie nicht sofort von hier verschwinden und nie, nie wiederkommen!«, schrie Bendix. Er wusste gar nicht, wie ihm das auf einmal eingefallen war. Aber alle Gesichter wandten sich ihm zu. Und alle sahen verblüfft aus.

»Überraschend, aber gar nicht übel, Bendix«, sagte Thekla Salmonis. Sie legte ihre Brille auf den Tisch und drehte sich zu Chris. »Und du, Chris? Was machst du, wenn fremde Menschen die Insel betreten?«

Chris hatte seinen Oberkörper mit den Armen umschlungen. Er antwortete nicht, sondern stierte weiter auf die Algenchips. Aber auf seinen Lippen lag ein winziges Lächeln.

Am nächsten Tag blieb Bendix in der Bucht vor ihrer Haustür. Er ging mit Toni die sandige Landzunge hoch und hielt Ausschau nach Booten. Aber außer der *Iguana,* die mit Knut Salmonis und Chris an Bord aufs Meer hinaustuckerte, war nichts zu sehen.

Dann untersuchte Bendix die Dinosaurierspuren, die er im Sand fand: Ein paar Coelurus, eine Herde von Dryosauriern ... sonst war in der letzten Zeit niemand hier gewesen.

Langsam schlenderte er zurück.

Toni kam aus den Büschen, tapste ein Stück neben ihm her und verschwand dann erneut im Unterholz.

Schließlich waren die beiden wieder am Strand angekommen. Bendix setzte sich auf den Bootssteg, während Toni an den weichen grünen Nadeln einer Konifere knabberte, die am Gartenzaun stand.

Bendix beobachtete die Pterosaurier. Er holte ein zerknicktes Heft aus der Tasche, denn er hatte heute den Auftrag bekommen, die verschiedenen Flugsaurierarten zu beschreiben. Außerdem sollte er aufschreiben, womit sie ihre Zeit verbrachten.

Er knabberte an seinem Bleistift, während er ein paar Gnathosauriern zusah, die elegant durch die Luft glitten. Immer wieder flogen sie flach über die Wasseroberfläche, um einen Schnabel voll Wasser zu nehmen. So filterten sie sich mit ihren Reusenschnäbeln voller winziger Zähne Nahrung aus dem Wasser.

Der Rhamphorhynchus fischte ganz anders. Er zog seine Kreise hoch über dem Wasser, um dann wie ein Raubvogel mit eingeklappten Flügeln vom Himmel ins Meer zu stürzen. Wenn er wieder aus dem Wasser auftauchte, zappelte häufig ein Fisch in seinem Schnabel.

Bendix seufzte. Warum konnte er die Pterosaurier nicht einfach beobachten, ohne alles aufzuschreiben? Er klappte das Heft zu und legte es neben sich auf den Steg.

Es war alles so friedlich hier. Die Welt des Jura, bevölkert von Dinosauriern. Menschen hatten hier nichts zu suchen. Zumindest keine Menschen, die in Booten kamen, um die Dinosaurier zu stören.

Bendix dachte wieder an die Versammlung vom Vorabend. Er suchte den Horizont ab. Nichts. Kein Boot weit und breit. Hoffentlich würde das so bleiben. Für immer und ewig. Es durften einfach keine fremden Menschen auf die Insel kommen. Das durfte nicht passieren. Alles sollte so bleiben, wie es war.

Er sah sich nach Toni um. Der hatte ein paar Bärlappsträucher entdeckt und ließ sich die Blätter schmecken. Bendix sah seinem Camptosaurier eine Weile zu, dann blickte er wieder auf das Meer hinaus. Keine Boote. Niemals. Nie.

Er klappte das Heft wieder auf und begann zu schreiben. *Gnathosaurus*. Er unterstrich das Wort zweimal. Dann knabberte er wieder am Bleistift.

Als Thekla Salmonis und Ida aus dem Wald zurückkamen, hatte Bendix noch kein bisschen mehr geschrieben. Schnell stopfte er das Heft in die Hosentasche und sprang auf.

Schon aus der Ferne wirkten die beiden, als würden sie streiten. Ida fuchtelte mit ihren Armen, während Thekla Salmonis irgendetwas trug, das in ein Tuch eingewickelt war. Schließlich verschränkte Ida wütend die Arme und blieb stehen, während ihre Mutter weiterging.

Langsam schlenderte Bendix auf sie zu. Er wollte sich nicht einmischen, aber Hallo sagen wollte er doch.

Toni kam kauend aus dem Unterholz hervor. Auch er sah aus, als wolle er Thekla Salmonis und Ida begrüßen.

»Hallo ihr beiden!«, rief Thekla Salmonis als Erste und winkte mit ihrem freien Arm. Ihre Stimme hörte sich sehr fröhlich an.

Bendix ging näher. »Hallo!« Er starrte auf das Ding im Tuch. »Was haben Sie denn da?« Groß war es nicht, das sah er schon. Es wirkte eher ziemlich klein . . . und rund.

Thekla Salmonis machte ein geheimnisvolles Gesicht. »Simsalabim«, sagte sie und zog die Zipfel des Tuchs vorsichtig auseinander. Es war ein Ei. Ein Dinosaurierei. So ähnlich wie das Ei von Toni, nur kleiner.

»Ich habe es aus einem Dryosauriernest genommen«, lächelte Thekla Salmonis. »Es ist für Chris.«

»Meine Mutter hat den Verstand verloren!« Ida kam hinter ihr angestapft. Sie rollte mit den Augen und schnaubte. »Die Dryosaurier hätten es selbst ausbrüten können. Stattdessen gibst du es Chris! Wenn der das Ei nicht sofort zertrampelt, wird er den kleinen Dryosaurier verhungern lassen! Oder an die Compsognathen verfüttern!« Sie trat in den Boden, dass der Sand nur so durch die Gegend spritzte.

»Wir haben so viele Dryosaurier, wir können es versuchen.« Thekla Salmonis sah aus, als sei sie sehr glücklich mit ihrer Idee. »Ich wette, es klappt.«

»Die Dinosaurier sind keine Versuchskaninchen!«, schrie Ida ihre Mutter an. »Und Chris ist ein Ekelpaket! Er hat es einfach nicht verdient!«

Aber Bendix sah nur auf das Ei. Er strich mit den Fingerkuppen darüber. Und er verstand.

»Sein eigenes Tier«, sagte er leise. »Chris wird es lieben. Er wird es versorgen. Er darf auch zu Hause bleiben, wie ich. Und dann, später, wird er sich auch um die anderen Dinosaurier kümmern.« Er sah auf und lächelte die große Frau an. »Ich glaube, das ist eine gute Idee, Frau Salmonis.«

Thekla Salmonis' Gesicht begann zu leuchten. Stumm erwiderte sie seinen Blick. »Thekla«, sagte sie dann. »Ich heiße Thekla. Bitte nenn mich so, Bendix.« Sie strubbelte ihm durch die Haare.

»Gern.« Bendix merkte, dass er rot wurde. »Danke.«

»Ich danke dir.« Thekla wickelte das Ei wieder ins Tuch.

Ida steckte sich einen Finger in den Hals. »Igitt! Von eurem Gesülze wird mir ganz schlecht!« Sie drehte sich um und stapfte hinauf zur Gartentür.

»Heute gibt's keinen Fisch!«, rief Knut Salmonis schon von Weitem und seine Stimme grollte wie der Donner an einem schwülen Gewittertag. »Chris hat die Angelrute ins Wasser fallen lassen!«

»Und warum habt ihr sie nicht wieder herausgeholt?« Thekla Salmonis runzelte die Stirn und stellte die Kaffeetasse ab.

»Nun«, Knut blieb vor der Veranda stehen und wischte sich den Schweiß vom Gesicht, »es hing ein Thunfisch am anderen Ende und der ist mit der Angel davongeschwommen.«

Bendix musste gegen seinen Willen grinsen.

»Er hat mir die Angel aus der Hand gerissen«, stieß Chris wütend hervor und verschränkte die Arme vor seinem Körper.

»Tja, lieber Chris, die Kunst des Angelns liegt darin, die Angelrute festzuhalten, wenn ein Fisch am Haken zappelt.« Knuts Stimme klang sehr unfreundlich.

Bendix sah, dass Chris' Gesicht schon wieder rot anlief vor Wut. Deshalb war er froh, dass Thekla aufstand und die Verandastufen hinunterstieg. Sie legte Chris eine Hand auf die Schulter. »Chris, komm einmal mit.« Er wich zurück, ließ sich dann aber doch ziemlich widerwillig von ihr zum Hühnergehege führen, zu dem Nest, das Bendix für Toni gebaut hatte.

Ida schnaubte verächtlich und drehte sich weg.

Knut kratzte sich am Kopf und sah ratlos zwischen dem Hühnergehege und der Veranda hin und her.

Und Bendix lehnte sich in seinem Stuhl zurück und grinste vergnügt.

Als er an diesem Abend auf sein Zimmer ging, saß Chris auf seinem Bett und las. Um ihn herum lagen mehrere Dinosaurierbücher verstreut.

»Meinen Dinosaurier nenne ich Godzilla, wenn er ausgeschlüpft ist«, verkündete Chris und sah sehr angriffslustig aus. »Er wird viel cooler als deiner, weil er nämlich viel schneller laufen kann!«

»Tja, das kann er wohl«, sagte Bendix. Was sollte er auch anderes sagen? Dryosaurier waren klein und leicht. Natürlich konnten sie schneller laufen als die schweren und weniger beweglichen Camptosaurier.

Bendix setzte sich aufs Bett und zog sein Hemd aus. Er sah zu Chris hinüber. Chris hatte sich schon wieder über das Buch gebeugt und las.

Einen Augenblick lang biss sich Bendix auf die Lippen. Aber er wollte es doch zu gern wissen. »Hat dein Ei schon Risse?«

Wieder blickte Chris auf. Er wischte sich die Haare aus der Stirn. Dann nickte er. »Bestimmt schlüpft Godzilla morgen aus.« Und dabei glitt ein winziges Lächeln über sein Gesicht.

Am nächsten Morgen sah Chris noch vor dem Frühstück nach seinem Dryosaurus-Ei. Bendix ging mit in das Hühnergehege, weil er es auch sehen wollte.

Tatsächlich liefen schon einige feine Risse durch die Schale.

Chris griff mit seinen großen Händen nach dem Ei und nahm es hoch. Er drehte es vor seinen Augen. »Godzilla schlüpft heute noch aus«, sagte er zufrieden.

Bendix verzog sein Gesicht. »Ja, aber nur, wenn du sein Ei im Nest liegen lässt. Sonst überlegt er es sich noch einmal.«

»Erzähl mir nicht, was ich tun muss, du superschlauer Oberschleimer«, knurrte Chris, aber er legte das Ei wieder zurück ins Nest und bedeckte es mit Moos.

Nach dem Frühstück ging Bendix wieder mit Toni hinunter an den Strand. In seiner Hosentasche knitterte das Schreibheft. Mist! Heute würde er nicht um seine Aufgabe herumkommen.

Er setzte sich auf den Steg und holte das Heft heraus. *Gnathosaurus* stand auf der ersten Seite. Es war leider seit gestern nicht mehr geworden. Bendix lehnte sich zurück und ließ seinen Blick über den Horizont schweifen. Kein Boot, so weit er sehen konnte.

Die *Iguana* schaukelte leise auf dem Wasser. Lichtreflexe malten Kringel auf ihren Rumpf. Knut war heute zu Hause geblieben, um mit Chris eine neue Angelrute zu bauen.

Toni stand zwischen ein paar Koniferen und rupfte das frische Grün ab. Der hatte es gut. Der musste nichts aufschreiben.

Bendix seufzte tief.

Ein wenig später hatte er schon ein paar Wörter geschrieben und beobachtete gerade einen Gallodactylus, der am Strand ein paar kleine Laopteryxe verscheuchte. Dabei klapperte er mit seinem langen Schnabel und spreizte die Flügel ab.

Gallodactylus, schrieb Bendix in sein Heft. *Rote Schnabelspitze, nur vorne Zähne.*

Beim stacheligen Ankylosaurus, das konnte er sich doch auch so merken! Er stöhnte und schaute zum hundertsten Mal nach Toni. Der kleine Dinosaurier hatte mal wieder das Maul voller Farn.

Da öffnete sich die Gartentür und Chris trat heraus. Er trug einen Eimer.

Bendix sprang auf. Endlich Abwechslung!

Chris rupfte Zweige und Farnblätter ab und steckte sie in den Eimer.

Toni sah ihm sehr interessiert zu. Er vergaß sogar zu kauen. Raschelnd kam er aus den Büschen und machte einen langen Hals.

»Verschwinde!« Chris wedelte mit den Armen.

Barfuß schlenderte Bendix durch das Strandkraut, die Hände in den Taschen. »Hallo Chris«, sagte er. »Ist Godzilla schon geschlüpft?«

»Nein.« Chris pflückte weiter. »Aber es dauert nicht mehr lange. Deshalb hole ich ihm schon mal Futter.«

»Gute Idee.« Bendix wusste nicht mehr, was er sagen sollte. Er bohrte mit seinem Zeh im Sand. Sein Blick fiel auf eine Gruppe von Archäopteryxen, die versuchten, sich gegenseitig von einem Baumstamm zu schubsen. Es war ein dicker Palmfarn, der sehr schräg gewachsen war. Die Blätter hingen fast ins Wasser, so schief stand er.

Die Vögel zogen sich mit Zähnen und Krallen den Stamm hoch und rempelten sich dann krächzend so lange an, bis einer hinunterfiel.

Auch Chris hatte aufgehört zu pflücken und schaute den Vögeln zu. Als einer von ihnen ins flache Wasser fiel und wütend schimpfte, lachte er.

Währenddessen fraß Toni seelenruhig seinen Eimer leer.

Als Bendix zwei Seiten in seinem Schreibheft gefüllt hatte, fand er, dass es reichte. Er klappte das Heft zu und stopfte es wieder in die Hosentasche.

Es war noch früh, aber er war einfach zu neugierig, ob Godzilla schon geschlüpft war. »Toni!«, rief er und pfiff nach ihm.

Toni hob den Kopf. Er stand im Unterholz, eine Schlingpflanze hing aus seinem Maul.

»Komm, Toni! Wir gehen nach oben!«

Aber Toni bewegte sich nicht. Stattdessen drehte er den Kopf in Richtung Wald und hörte auf zu kauen.

»Toni?« Bendix schaute in die gleiche Richtung wie sein Camptosaurier und da sah er es auch: Thekla Salmonis kam zwischen den Bäumen hervorgerannt, als sei ein Fleischfresser hinter ihr her. Ihr Gesicht war rot und die Brille verrutscht. »Ah, Bendix!«, rief sie schon von Weitem, »gut, dass du da bist. Wir brauchen dich. Komm mit ins Haus!«

»Und Toni?«, rief Bendix zurück.

»Toni lassen wir hier unten. Chris wird ab und zu ein Auge auf ihn haben. Jetzt komm schon! Wir müssen den Notfallkoffer holen und das Betäubungsgewehr.«

Bendix durchfuhr es von den Haarspitzen bis zu den Zehennägeln. Was war passiert? Was konnte so schlimm sein, dass er Toni allein lassen sollte – allein mit Chris? War Ida in Gefahr? Er flitzte hinter Thekla her.

»Der Allosaurier«, keuchte sie, als er sie eingeholt hatte und neben ihr den Weg zum Haus hochlief, »der verletzte Allosaurier. Endlich haben wir ihn gefunden. Aber es geht ihm sehr schlecht. Ich hoffe, wir können ihm noch helfen. Komm, Bendix, beeil dich!«

Und Bendix beeilte sich, obwohl ihm das Herz in die Kniekehlen gerutscht war.

Sie mussten das Tal der Dinosaurier durchqueren. Zum ersten Mal stieg Bendix hinab ins Tal! Allerdings hatte er keine

Zeit, sich lange umzuschauen. Schweiß perlte unter seinem Hut hervor und lief die Schläfen hinunter, während er hinter Thekla herkletterte. In der Ferne sah er die Umrisse gigantischer Sauropoden im Gegenlicht. Doch Thekla hielt sich ganz links. Der Weg wurde immer felsiger. Bendix fühlte sich hier ziemlich sicher, es gab tausend Möglichkeiten, sich zwischen den Felsen zu verstecken. Außerdem hielt er das Betäubungsgewehr im Arm. Es war schwer, wenn auch nicht so schwer wie der Notfallkoffer, den Thekla trug.

»Schnell, schnell«, murmelte sie vor sich hin, während sie über Geröll sprang und Felsbrocken aus dem Weg kickte. Bendix versuchte, der Staubwolke auszuweichen, die Thekla mit ihren riesigen Stiefeln aufwirbelte.

Er kam kaum hinterher. Und der Gedanke daran, dass sie geradewegs auf einen ausgewachsenen Allosaurier zusteuerten, nahm ihm noch zusätzlich die Luft. Wie, bitte, versorgte man einen verletzten Allosaurus? Ein gigantisches Tier mit einem Maul voller Säbel, das noch mit letzter Kraft versuchen würde, sich zu verteidigen?

Bendix umklammerte das Betäubungsgewehr und lief weiter. Links von ihm, hinter dem gewaltigen Felsenmeer, ragte der Qualmer in den blauen Himmel. Bendix lief der Schweiß in den Kragen.

»Wir sind gleich da«, rief Thekla ihm über die Schulter zu. »Er liegt am Fluss. Hörst du das Wasser rauschen?«

Ja, Bendix hörte es. Obwohl der Fluss an dieser Stelle nur noch ein Bach war, der sich in den Felsen verlief und kleine Tümpel bildete, bis er schließlich versickerte.

Archibald saß auf einem Felsvorsprung und krächzte. Aufgeregt rannte er hin und her, als er sie kommen sah, und schlug mit den Flügeln.

Thekla blieb stehen. Sie schnappte nach Luft und blickte sich nach allen Seiten um. »Ida!«, rief sie dann und ihre Stimme kiekste, »Ida, verflixt, wo bist du?« Dann rannten sie weiter, an einem Felsblock vorbei und dahinter lag . . .

»Der Allosaurier!« Bendix blieb der Mund offen stehen. Sein Gehirn wollte nicht glauben, was seine Augen sahen. Da lag es, dieses gewaltige Tier, so groß wie ein gestrandeter Wal. Der lang gestreckte Körper war mit Hornschuppen bedeckt, jede einzelne größer als Bendix' Hand. Langsam, ganz langsam ging er um den Allosaurier herum, das Gewehr fest an die Brust gepresst.

Der Brustkorb des Giganten hob und senkte sich, zitternd, graubraun, staubig.

»Ida, wenn ich dir sage, du sollst bei Archibald auf dem Felsen bleiben, dann bleibst du bei Archibald auf dem Felsen, verstanden? Oder brauchst du eine Extralektion über Allosaurier?« Theklas Stimme klang sehr aufgebracht.

»Mama, er liegt in der glühenden Hitze und kommt nicht mehr selbst ans Wasser! Ich musste ihn kühlen und ihm zu trinken geben.«

»Willst du mir sagen . . . nein, das willst du nicht, du willst nicht behaupten, dass du an seinem KOPF warst! BIST DU DENN VÖLLIG WAHNSINNIG GEWORDEN?«

»Mama!«

Ein gewaltiges Zittern durchlief den Körper des Allosauriers und gleichzeitig stieß er einen Laut aus, der so durchdringend und schmerzvoll durch das Tal dröhnte, dass Bendix fast in die Knie ging. Keuchend sprang er ein paar Schritte zur Seite. Thekla und Ida standen am Fluss. Thekla wühlte bereits in ihrem Koffer.

Jetzt konnte Bendix auch den Kopf des Allosaurus erkennen. Er lag am Flussufer, ganz dicht am Wasser und doch zu weit entfernt, um es zu erreichen. Ein Kopf, so groß wie ein Kleinwagen, die Zähne schimmerten stumpf im halb geöffneten Maul. Die Augen waren geschlossen, die Höcker über ihnen so staubgrau wie der Rest des Körpers.

Bendix schluckte trocken.

Thekla redete nun leise auf Ida ein. Dann drehte sie sich zu Bendix um. »Wir versuchen es zunächst ohne Betäubung, da wir nur eine begrenzte Anzahl an Patronen haben. Aber wahrscheinlich wird die Behandlung ihm Schmerzen verursachen und er wird sich wehren. Stell dich mit dem Gewehr im Anschlag an den Fluss und ziele auf seinen Hals, Bendix. Genau dorthin. Sobald er sich auch nur ein bisschen bewegt, drückst du ab. Okay?«

»Okay«, krächzte Bendix. Er hatte das Gefühl, als wären seine Beine aus Wackelpudding, als er sich jetzt näher an den Fluss heranbewegte – und näher an den gepanzerten Kopf. Das Gewehr hielt er im Anschlag, aber seine Arme zitterten jetzt schon. Aus den Augenwinkeln sah er, wie Thekla und Ida sich dem verletzten Bein des Allosauriers näherten.

Das Tier stieß ein grollendes Stöhnen aus und bewegte den Kopf. Es hatte allerdings nicht mehr genügend Kraft, um ihn anzuheben. Es war nur ein Zucken, trotzdem wirbelte es eine Staubwolke auf.

Bendix zwang sich, ruhig zu bleiben. Schweiß perlte von seiner Nasenspitze. Leise hörte er Archibald krächzen.

Thekla hatte ein Messer in der Hand. Die andere Hand hatte sie auf das Bein gelegt, das verletzte Bein, das da lag wie eine gefällte Eiche. Sie stand jetzt dicht am Körper des Dinosauriers. So dicht, dass sie fast hinter ihm verschwand.

Das Gebrüll kam so plötzlich, ohne Vorwarnung und war sicherlich auf der ganzen Insel zu hören.

Bendix drückte ab, er wollte es gar nicht, es geschah ganz automatisch. Der Schuss ging im Brüllen des Allosaurus unter. Aber er hatte ihn getroffen. Aus dem Loch im Hals lief ein wenig Blut.

Doch erst, als der Koloss ganz ruhig wurde, als sich das Gebrüll in ein heiseres Schnaufen verwandelt hatte, ließ Bendix das Gewehr sinken. »Danke, Bendix«, ächzte Thekla, die sich irgendwo zwischen Bein und Bauch des Allosaurus befand. »Ich dachte schon, er zerquetscht mich.«

Und dann stieg sie auf seinen Fuß, auf die riesige Klaue mit den drei gebogenen Krallen und begann, sich um die Wunde zu kümmern. Ida kletterte hinterher.

Bendix legte das Gewehr auf einen Stein. Er starrte auf die geschlossenen Augen, auf die langen, gebogenen Zähne. Vorsichtig ging er einen Schritt auf den Kopf zu. Und noch einen. Ganz langsam.

Der Allosaurus röchelte. Bendix spürte seinen heißen Atem, den stinkenden Atem eines Fleischfressers, und ihm lief eine Gänsehaut den Rücken hinunter. Trotzdem machte er noch einen weiteren Schritt nach vorne. Jetzt konnte er ihn fast schon berühren. Er schob seinen Fuß noch ein paar

Zentimeter vor und – legte eine Hand auf den gepanzerten Kopf. Berührte den Schuppenpanzer, auf den heiß die Sonne brannte. Bendix' Finger glitten über den gewaltigen Augenhöcker und an der Seite des Kopfes entlang. Er legte beide Hände unter das geschlossene Auge. Um das Auge herum waren die Schuppen weicher, ledriger.

Ein Allosaurus. Er berührte gerade einen Allosaurus. Einen echten, lebenden Allosaurus. Bendix schüttelte den Kopf. Es war unmöglich. Und doch war es genau das, was er tat.

Er berührte einen Allosaurus.

Auf dem Rückweg ließ Bendix sich ein wenig hinter Thekla und Ida zurückfallen. Er wollte sich nicht unterhalten. Er wollte die Augen schließen und noch einmal den gewaltigen, gepanzerten Schädel vor sich sehen.

Mit seiner Flasche hatte er ihm Wasser ins Maul gekippt und seinen Kopf begossen, wieder und wieder. Ein Tier, das so gigantisch war, durfte nicht einfach im Staub liegen und sterben.

Wie betäubt stolperte Bendix hinter Thekla und Ida durch den Wald. Dann stapfte er ihnen durch das Strandkraut nach, halb blind von der gleißenden Sonne. Erst als Toni seinen breiten Kopf aus den dichten Farnen hochreckte und erfreut »Kru!« rief, hatte Bendix das Gefühl, wieder atmen zu können.

»Toni!«, rief er. »Mein Toni! Wie geht es dir?«

Ida drehte sich zu ihm um und grinste. Jede Menge Zähne blitzten weiß in ihrem staubgrauen Gesicht. »Wie soll es ihm schon gehen, nachdem er zwei Stunden nur gefressen, gefressen und gefressen hat? Der hat wahrscheinlich nicht mal gemerkt, dass du weg warst!« Manchmal konnte Ida richtig doof sein!

»Stimmt doch gar nicht.« Bendix zeigte ihr einen Vogel. Schließlich kam Toni jetzt gerade aus den Büschen, schüttelte sich und tapste Bendix entgegen, den breiten Kopf hoch erhoben. »Kru!« Und dann drückte er sich an Bendix' Beine wie eine Katze.

In Bendix' Brust gluckerte es warm. Er hob Toni hoch und presste ihn an sich. »Ich wette, du hast mich vermisst, oder?«, flüsterte er ihm zu.

Toni ruderte mit den Beinen. »Kru«, gurrte er und ruckte mit dem Kopf.

Bendix ließ ihn wieder auf den Boden hinunter. Und ehe er *Pachycephalosaurus* sagen konnte, war Toni wieder zwischen den Büschen verschwunden.

Sie schlängelten sich den Weg zum Haus hoch, bückten sich unter den Bananenstauden und wichen ein paar Beerenranken aus. Bendix fiel immer weiter hinter Thekla und Ida zurück, weil er ständig auf Toni warten musste. »Toni! Schnabel weg von den Taro-Blättern!«

»Kru«, murrte Toni missmutig und tapste wie ein kleiner Bär hinter Bendix her. Dann blieb er auf einmal wie angewurzelt stehen. Er starrte zum Haus hinüber und rührte sich nicht vom Fleck.

Bendix folgte seinem Blick. Und er lachte erstaunt auf. Vor ihnen am Boden hockte Chris, seinen Po zur Sonne gestreckt und das Gesicht auf gleicher Höhe mit einem winzigen Tier. Godzilla! Er war da! Er war tatsächlich ausgeschlüpft!

Thekla und Ida waren schon oben angekommen und hatten sich neben Chris gehockt.

Bendix drängte sich an Toni vorbei und lief zwischen den Süßkartoffeln und den Guaven-Sträuchern auf Chris und den kleinen Dryosaurier zu. Direkt vor dem Winzling fiel er auf die Knie. Beim gefiederten Bambiraptor, wie klein er war! Wie ein Küken. Nicht länger als Bendix' Hand, aber es war alles dran: ein kleiner Kopf mit flinken Augen und einem Minischnabel. Winzige Ärmchen und Beinchen mit Krallen, so groß wie Stecknadelköpfen. Sein Rücken schillerte leuchtend grün in der Sonne. Er war gesprenkelt mit dunklen Flecken.

»Kri«, zirpte der Kleine und hüpfte ein paar Schritte auf Toni zu. Dann legte er den Kopf schief.

Bendix schluckte. »Der ist echt große Klasse«, murmelte er dann, »dein Godzilla.«

Chris richtete sich auf. »Er heißt nicht Godzilla«, sagte er. »Er heißt Kiri. Merk dir das.« Dann nahm er den kleinen Kiri ganz vorsichtig in seine großen Hände, um ihn mit einem Blatt zu füttern.

13.

Heute«, sagte Ida beim Frühstück. »Heute ist es so weit.« Sie hatte schon die ganze Zeit in den Himmel geschaut und kaum etwas gegessen. Jetzt brach sie sich ein Stück Algenfladen ab und zerbröselte es auf dem Teller.

»Ach, das ist ja wunderbar!« Thekla ließ ihre Kaffeetasse sinken und strahlte übers ganze Gesicht.

Bendix schaute von Ida zu Thekla und zurück. »Was ist so weit?«

Idas Gesicht glühte. »Heute fahren wir nach Guano. Wir alle. Der Wind hat gedreht und aufgefrischt, heute ist der Tag.« Dann drehte sie wieder ihren Kopf und sah in die Schäfchenwolken, die über den Himmel zogen.

Welcher Tag? Bendix schüttelte verwirrt den Kopf. »Aber was . . .«

»Ich nicht«, blökte Chris dazwischen. »Ich muss hierbleiben und auf Kiri aufpassen.« Er strich dem kleinen Saurier mit dem Zeigefinger über den Kopf. Kiri reckte sein Schnäbelchen hoch. »Kri«, zirpte er.

Schon das ganze Frühstück über saß Kiri auf Chris' Beinen und knabberte an den Krümeln, die Chris ihm zusteckte.

Missbilligend blickte Tante Popeline von Kiri zu Chris. »Selbstverständlich wirst du mitfahren. Wir alle fahren nach Guano. Hatschi!«

»Gesundheit«, sagte Bendix.

»Danke«, schniefte Tante Popeline und warf Chris einen noch schärferen Blick zu.

Chris hatte die Augen weit aufgerissen. »Wir alle? Aber was wird dann mit Kiri? Er kann noch nicht allein bleiben! Er ist doch noch ein Baby!«

»Du hast recht«, sagte Thekla und nahm sich eine Banane, »du kannst ihn wirklich noch nicht allein lassen. Deshalb wird Kiri mitkommen.«

»Aber«, keuchte Chris. Jetzt presste er Kiri mit beiden Händen an die Brust, dass der kleine Dryosaurier nur noch fiepen konnte. »Aber ... dort gibt es auch Tiere, oder? Große Tiere ... wilde Tiere ... ich lasse es nicht zu, dass jemand Kiri frisst.«

»Und das ist auch richtig so«, knurrte Knut. »Ich geh runter und mach das Boot fertig. In einer halben Stunde legen wir ab. Seht zu, dass ihr dann bereit seid.«

Zum hundertsten Mal betrachtete Bendix den Himmel, konnte aber nichts Auffälliges sehen. Wonach hatte Ida nur geschaut? Was war heute so weit?

Er drehte sich wieder um, riss ein paar Farne ab und stopfte sie in den Eimer, zu den Nadeln und Koniferenzweigen.

Guano ... klar freute er sich darauf. Endlich würde er erfahren, was es mit der kleinen Schwesterinsel von Floribunda auf sich hatte. Aber der Gedanke, dass er Toni den ganzen Tag allein lassen sollte, in seinem Gehege, mit nichts als eimerweise Futter ... Er hatte gehofft, dass zumindest Tante Popeline hierbleiben würde, um ab und zu nach ihm zu schauen. Aber sie wollte auch mitkommen. Alle sechs Bewohner Floribundas würden dabei sein. Und Kiri.

Wieder sah Bendix in den Himmel, dann drehte er sich um, öffnete das Gartentor und schleppte einen weiteren Futtereimer durch das dichte Gebüsch hoch zum Haus. Schon als er zwischen den Bananen war, hörte er Toni schimpfen. »Kru! Kru! Kru!«

Bendix wurde das Herz schwer. Toni war so unruhig! Er merkte ganz genau, dass irgendetwas heute ganz und gar nicht stimmte.

»Kru!« Der kleine Dinosaurier streckte einen kurzen Arm durch einen Spalt in der Bretterwand.

»Chrr ... örg ... zzz.« Die drei Compsognathen standen vor dem Gehege und betrachteten aufmerksam den Arm. Malm ruckte mit dem Kopf. »Chch ... zzz.«

»Verschwindet!«, schimpfte Bendix und machte ein paar drohende Schritte auf Malm, Dogger und Lias zu. Die drei stoben fauchend auseinander.

Bendix wusste, dass es keinen Grund gab, so unfreundlich zu den Compsognathen zu sein, aber er wollte nicht, dass sie den ganzen Tag vor Tonis Gehege standen und ans

Fressen dachten. Seufzend setzte Bendix den Eimer ab und öffnete die Tür einen Spaltbreit. »Toni! Hier kommt neues Futter!«

Toni schien nur auf diesen Moment gewartet zu haben: Ehe Bendix sich's versah, witschte der Saurier durch den Spalt, zwischen Bendix' Beinen hindurch und verschwand in den Kaffeesträuchern. Oh nein!

Bendix ließ den Eimer fallen und sprang hinterher. »Toni! Komm gefälligst zurück!« Die Sträucher wuchsen dicht. Es war der reine Urwald. Und Toni war nicht zu sehen. Zu hören vielleicht?

Bendix blieb stehen und lauschte. Knackte da nicht etwas? Raschelte Toni zwischen den Blättern? Nein, nichts. Nur das übliche Wispern der Palmwedel und das Rauschen des Meeres.

Beim scharfkralligen Allosaurus, wo steckte Toni nur?

»Bendix? Wo bist du? Wir wollen los!« Das war die Stimme von Thekla.

Bendix drückte sich zwischen den großen Wedeln zweier Bananenpflanzen durch. Violette Blütenblätter fielen zu Boden.

»Bendix!«

»Ich bin hier!« Der Kaffee duftete besonders stark, als Bendix sich durch die Büsche zwängte. »Toni ist weggelaufen! Er hat sich im Garten versteckt und ich kann ihn nicht mehr finden.« Atemlos kam er bei Thekla an, die vor der Veranda stand. »Er will nicht allein in seinem Gehege bleiben.«

Thekla sah aus, als überlegte sie. »Komm mit«, sagte sie dann. »Wir gehen.« Sie drehte sich um und stapfte mit großen Schritten zwischen den Vanille- und Kakaopflanzen den Weg zum Strand hinunter.

»Und Toni?«, schrie Bendix. Thekla antwortete nicht. Sie war schon in den Beerensträuchern verschwunden.

»Er kann nicht hierbleiben! Er verträgt die Pflanzen im Garten nicht. Thekla!« Bendix lief ihr hinterher.

Thekla war schon am Gartentor angekommen, als Bendix sie einholte. Er sah sie fragend an. Thekla lächelte leise. »Er wird schon kommen«, sagte sie. »Ruf ihn.« Damit öffnete sie das Tor und trat auf den Strand hinaus.

Bendix hüpfte auf den Trittstein vor dem Gartentor. »Toni!«, rief er in den Garten zurück. »Toni, komm! Wir gehen!«

»Kru!« Als hätte Toni schon hinter der Pforte gewartet, sprang er mit einem Satz zwischen den Sträuchern hervor, flitzte am Zaun entlang, durch das Tor und verschwand auf der anderen Seite im Gestrüpp. Dann streckte er langsam seinen breiten Kopf wieder hervor. Aus seinem Hornschnabel baumelte eine Blätterranke.

Bendix musste grinsen. Er schloss das Tor hinter sich. »Und jetzt?«, fragte er Thekla.

»Er kommt mit«, sagte Thekla. »Auf Guano gibt es auch Farne und Nadelbäume. Dort hat er genug zu fressen. Und nun schnell, die anderen warten schon!«

Die *Iguana* war fast überladen mit sechs Personen und zwei Dinosauriern, auch wenn es ausgesprochen kleine Dinosaurier waren. Sie lag tief im Wasser.

Knut kaute auf seinem Pfeifenstiel, während er das Boot langsam die Küste Floribundas entlangsteuerte. Es dauerte vielleicht fünfzehn Minuten, dann kam hinter einem Felsvorsprung Guano in Sicht.

Guano! Jetzt wurde Bendix mit einem Mal ganz kribbelig im Bauch. Endlich würde er das Geheimnis von Guano kennenlernen! Er hielt Toni fest, der neben ihm auf der Sitzbank stand und mit vorgestrecktem Kopf auf Chris' Hände starrte, unter denen sich Kiri drehte und wandte. »Kru«, gurrte er freundlich und reckte den Hals noch weiter vor.

Der Motor knatterte und der Wind wehte allen ins Gesicht, frisch und salzig.

Ida hatte den Kopf in den Nacken gelegt und beobachtete schon wieder den Himmel. Aber außer einer Vielzahl von weißen Wölkchen gab es nichts zu sehen. Sie drehte den Kopf hin und her und sah besorgt aus.

Knut hielt jetzt auf die Küste von Guano zu. Aus der Ferne war Guano grün und flacher als Floribunda, wenn auch nicht platt wie ein Pfannkuchen. Auch Guano schien Steilhänge zu haben, die jedoch nur ein kurzes Stück in den Himmel wuchsen und dann alle auf einer Höhe endeten.

Die Wellen kamen von der Seite und ließen die *Iguana* auf und ab tanzen. Tante Popeline hielt ihr Kopftuch fest und rutschte ein Stück weiter in den Windschatten der Schutzscheibe. Chris wurde blass um die Nase und drückte Kiri noch fester an sich.

Ida starrte in den Himmel. Bendix sah auch hinauf. Aber er konnte noch immer nichts sehen. Abgesehen von einem Vogelschwarm, der übers Meer angeflogen kam, schwarze Pünktchen, noch ziemlich weit weg.

»Da sind sie!« Ida war aufgesprungen. Ihre Stimme überschlug sich. »Da sind sie! Da sind sie!« Sie zeigte in die Richtung der Vögel und tanzte von einer Seite des Bootes zur anderen, sodass die Schaukelei noch schlimmer wurde.

Jetzt standen alle, schwankten hin und her und starrten auf die schwarzen Pünktchen. Vögel. War das das große Geheimnis von Guano? Vögel? Bendix merkte, wie Enttäuschung in ihm hochkroch.

»Oh Mann, das sind doch bloß blöde Vögel«, maulte Chris und ließ sich wieder auf die Sitzbank plumpsen, wodurch die *Iguana* kurz starke Schlagseite bekam. »Deswegen der ganze Stress? Die sind doch voll langweilig.«

Bendix blieb stehen. Er starrte weiter nach oben. Seine Augen tränten schon, als der Vogelschwarm über ihren Köpfen Richtung Guano zog. Es schienen wirklich ganz stinknormale Vögel zu sein. Nicht sehr groß und noch nicht einmal schön und bunt.

Bendix ließ sich neben Chris auf die Bank fallen, er tauschte einen kurzen Blick mit ihm. Chris verdrehte die Augen und wedelte mit der Hand vor seinem Gesicht herum.

Bendix biss sich auf die Unterlippe. Klar, er mochte Vögel. Aber so etwas Besonderes wie Dinosaurier waren sie dann doch nicht, oder? Er hielt Toni fest und sah auf die Lichtreflexe, die sich auf dem Wasser kringelten.

»Oh Mama, sie sind wirklich da, sie sind zurückgekommen!«, hörte er Idas Stimme. Sie klang so glücklich. »Ich hab jedes Mal Angst, sie schaffen es nicht, aber sie sind wieder da!«

»Das ist einfach wundervoll, Ida!« Auch Thekla klang überwältigt. »Ich freue mich so mit dir.«

Bendix sah auf. Idas Augen leuchteten und ihr Gesicht strahlte.

»Was sind denn das für Vögel?«, fragte er knurriger, als er es wollte.

Ida ließ sich auf die Bank fallen. »Wandertauben.« Sie lächelte Bendix breit an und jede einzelne ihrer Sommersprossen glühte.

»Aha.« So etwas Ähnliches hatte er befürchtet.

»Vor zweihundert Jahren«, rief Ida gegen den Wind an, »war die Wandertaube der häufigste Vogel der Welt. Sie zog in riesigen Schwärmen übers Land, Millionen von Vögeln verdunkelten tagelang die Sonne.«

»Ja, und?« Bendix wurde immer mulmiger zumute. Er zog Toni an sich heran und sah hinüber zur Küste von Guano, die schon ziemlich nah war und wo ihn mit aller Wahrscheinlichkeit Millionen von Wandertauben erwarteten.

»Vor hundert Jahren war die Wandertaube ausgestorben. Abgeknallt von den Menschen. Was du eben gesehen hast, ist der einzige Schwarm, den es noch gibt auf der Welt. Und er lebt hier, auf Guano. Wenn er nicht gerade wandert.«

»Ach so.« Bendix hoffte, dass er nicht zu enttäuscht klang. Er guckte Ida jetzt lieber nicht an. Er wollte auch gar nicht wissen, wohin die Vögel wanderten, wenn sie nicht auf Guano waren. Stattdessen schaute er nach vorn, hinüber zur Insel.

Knut hatte den Motor gedrosselt. Vor ihnen tauchten Felsen aus weißem Stein im Wasser auf. Und darauf saßen . . . »Pinguine!«

Die *Iguana* tuckerte dicht an einem der Felsen vorbei. Die

Vögel sahen zwar auf, schienen aber nicht beunruhigt zu sein. Sie äugten hinüber zum Boot und schnatterten vor sich hin. Einige trippelten von einem Bein aufs andere und spreizten ihre kurzen Flügel ab. Einer sah aus, als gähnte er.

»Fast«, sagte Ida. »Es sind die Pinguine des Nordens. Riesenalken. Sie kommen aus dem Nordpolarmeer.«

In nur wenigen Metern Entfernung glitten sie an den Riesenalken vorbei. Bendix drehte sich um und sah ihnen nach. »Und was machen sie hier, im Pazifik?«, fragte er.

»Überleben«, sagte Ida.

Knut steuerte das Schiff sicher zwischen ein paar weiteren Felsen hindurch, auf denen sich Riesenalken drängelten. Einige schwammen wie übergroße Enten um das Boot herum und schauten hinauf. Andere tauchten in die Tiefe und kamen mit einem Fisch im großen, geriffelten Schnabel wieder an die Oberfläche.

Toni starrte mit vorgestrecktem Kopf ins Wasser und gab keinen Ton von sich.

Und dann waren sie auch schon am Ufer von Guano angekommen. Die Küste war felsig und zerklüftet. Knut sprang an Land. Er vertäute die *Iguana* an einem niedrigen Felsen, der so weiß war, dass er in der Sonne blendete. Dann knurrte er: »Guano. Alle Mann von Bord«, wobei seine Pfeife im Mund auf und ab wippte. Das ließ sich Bendix nicht zweimal sagen. Er sprang auf und schnappte sich Toni. Das Boot schaukelte leicht, als er sich abstieß. Und dann stand er auf Guano.

»Hier, halt Kiri fest. Aber pass gefälligst auf!« Chris hielt Bendix seinen kleinen Dryosaurier hin, damit er sich beim Aussteigen mit beiden Händen am Felsen festhalten konnte.

Nur Sekunden später schrie er auf und zog seine Hände zurück. »Iiih! Vogelscheiße!«

»Klar.« Ida sprang mit einem Satz an ihm vorbei auf den Felsen. »Guano eben. Ein prima Dünger, aber reingreifen sollte man nicht.«

Chris starrte sie wütend an, die Hände weit von sich gestreckt. Angeekelt wischte er sie an seiner Hose ab und kletterte wortlos an Land. Er griff nach Kiri.

Bendix trug Toni über die Guano-Felsen hinweg. Klar, Guano. Vogelkacke. Jetzt war es ihm auch klar, woher der Name der Insel kam. Vorsichtig setzte er einen Fuß vor den anderen. Es war ganz schön glitschig. Die Vögel waren ziemlich fleißig dabei gewesen, Guano zu produzieren. Die Felsen sahen aus wie mit weißer Zuckerglasur überzogen.

»Kru«, murrte Toni und ruderte mit den Beinen.

»Gleich wird's besser, Toni«, tröstete Bendix ihn. »Dann kannst du wieder laufen.« Ein Stück weiter oben wucherte es üppig grün, das sah er schon von hier aus. Auf einem breiten Grasstreifen hinter den Felsen, auf dem zahlreiche Palmen wuchsen, setzte Bendix Toni ab. Toni schüttelte sich und guckte beleidigt. Dann entdeckte er eine Schlingpflanze, die einen Baumstamm hochwucherte. »Kru«, gurrte er begeistert und lief hinüber, um daran zu knabbern. Kiri hüpfte ihm hinterher und versuchte, Schritt zu halten. »Kri«, girrte er und sah zu Toni auf.

Toni hackte mit dem Schnabel nach ihm und wollte ihn am Schwanz packen. Aber Kiri wuselte einfach zwischen seinen Beinen durch. Er war so winzig!

Bendix machte es Ida und ihren Eltern nach und wischte

sich die Stiefel im Gras ab. Tante Popeline stellte ihren Picknickkorb im Schatten eines Busches mit riesigen rosa Blüten ab, die einen betörenden Duft ausströmten. Insekten summten und brummten von einer Blüte zur anderen.

»Ah, Strandmandeln!« Tante Popeline hatte etwas entdeckt. Sie zog einen großen Stoffbeutel aus dem Picknickkorb und begann, violette Früchte aus dem Gras zu sammeln.

Bendix schaute sich um. Jede Menge tropisches Grün, das überall in die Höhe schoss, unterbrochen von Blüten in leuchtenden Farben. Pflanzenranken krochen über den Boden und es duftete wie in ihrem Garten auf Floribunda. Das Summen von Insekten füllte die Luft, aber da war noch etwas. Etwas, das die Insel Guano beherrschte. Es sirrte durch die Luft wie Starkstrom, es tschilpte und piepte, es krächzte und trillerte, es keckerte und gurrte: der Gesang von Vögeln. Die ganze Insel musste voller Vögel sein!

Und da flog auch schon der erste heran. Er kam genau auf die kleine Gruppe zugeschossen . . . wollte er sie angreifen? Bendix stolperte zwei Schritte zurück, doch da bremste der Vogel plötzlich scharf ab, blieb einen Augenblick in der Luft stehen und ließ sich dann auf Idas Schulter nieder. Es war ein Papagei. Ein leuchtend grüner mit viel Orange und Gelb am Kopf und an den Flügeln. Er trippelte von einem Fuß auf den anderen, knirschte mit dem Schnabel und krächzte: »Ida ist lieb.« Dann knabberte er zärtlich an Idas Ohr.

Bendix und Chris sahen sich an. Sie brachen in schallendes Gelächter aus. »Hast du ihm das beigebracht?«, prustete Bendix und hielt sich den Bauch.

Ida wurde knallrot. »Karolina ist sehr gelehrig«, gab sie giftig zurück, »sie kann auch noch ganz viele andere Sachen sagen.«

»Ida ist lieb«, krächzte Karolina.

Chris sank auf die Knie. Er wimmerte vor Lachen »Hu, hu, hu!« Mehr brachte er nicht hervor.

Auch Thekla, Knut und Tante Popeline sahen aus, als müssten sie sich das Lachen verkneifen. Sie kamen näher, um Karolina zu betrachten, aber Ida drehte sich wütend weg und stapfte davon. Um ihre Füße hüpften ein paar kleine, olivgrün gesprenkelte Vögel, etwa zehn weitere sprangen aus dem Unterholz herbei. Sie waren schwarz und hatten dünne, gebogene Schnäbel.

»Ida, warte!« Bendix versuchte, nicht mehr zu lachen, auch wenn es fast unmöglich war. »Karolina ist echt schön. Was für ein Papagei ist sie?«

Ida blieb stehen. Es sah aus, als überlegte sie, ob sie noch länger sauer sein sollte oder nicht. Dann drehte sie sich um. Sie betrachtete Bendix kühl von oben bis unten. »Sie ist ein Karolinasittich«, sagte sie dann mit spitzem Mund. »Etwa um neunzehnhundert ausgestorben.«

»Ida ist lieb«, krächzte Karolina.

Bendix konnte nichts dafür. Es blubberte einfach aus ihm heraus. Er presste sich die Hände auf den Mund, aber das Lachen quoll trotzdem zwischen seinen Fingern hervor.

Wortlos drehte Ida sich um und stampfte auf einem Trampelpfad in das üppige Grün hinein. Sogar ihr Rücken kochte vor Wut. Die Vögel hüpften hinter ihr her wie die Ratten hinter dem Rattenfänger von Hameln.

»Ida, sei doch nicht böse!«, rief Thekla ihr nach, während sie sich eine Lachträne aus dem Augenwinkel wischte. »Das ist einfach komisch!«

»Ida«, knurrte Knut. »Sei nicht so maulig! Komm zurück!«

»Ida!«, kreischte Chris, »Hilfe! Hier greift uns was an! Was Großes, Ekliges! Es will uns beißen!« Hektisch sah er sich um. »Kiri! Kiri! Wo bist du? Es will Kiri fressen!« Er sprang wie Rumpelstilzchen auf und ab und stürzte sich dann auf Kiri, um ihn hochzureißen. »Kri!«, knirschte Kiri und versuchte, sich aus Chris' Händen zu winden.

Aber Bendix sah es auch. Es, ihn ... war das auch ein Vogel? Er kam zwischen zwei Büschen mit riesigen Blättern hervorgewatschelt. Groß wie ein Schwan, nein, größer und dicker. Der graubraune Federwust raschelte bei jedem Schritt von einer Seite zur anderen, ebenso wie das Büschel gekräuselter Federn, das wohl der Schwanz sein sollte. Jetzt blieb das Tier auf halbem Wege stehen und äugte hinüber. Es hatte einen nackten grauen Kopf, von Federn umschlossen wie von einer Kapuze.

Bendix starrte es an, ohne sich zu bewegen, genau wie die anderen. Es musste ein Vogel sein, denn es hatte Vogelfüße und einen Schnabel. Einen langen, kräftigen Schnabel, der an der Spitze nach unten gekrümmt war.

Auch Chris war erstarrt und selbst Kiri gab keinen Piep mehr von sich. »Was ist das?«, krächzte Chris tonlos.

Da öffnete der Vogel den Schnabel. Er legte seinen Kopf in den Nacken, gluckste ein paar Mal und rülpste dann laut und vernehmlich: »Dooo-o-o!«

Bendix hatte schon langsam Bauchschmerzen vom Lachen.

Er sah Chris von der Seite an. Der grinste ebenfalls.

»Ein Dodo«, erklärte Thekla, die ja nicht das erste Mal auf Guano war, leise. »Der wohl berühmteste ausgestorbene Vogel überhaupt.«

Der Dodo wackelte an ihnen vorbei, ohne sie eines weiteren Blickes zu würdigen.

»Kru!« Toni sprang ihm hinterher. »Kru!« Als der Dodo nicht reagierte, biss Toni ihm in den Schwanz. Dabei riss er ihm eine Feder aus. »Dooo-o-o!« Glucksend und mit einem Tempo, das man ihm gar nicht zugetraut hätte, verschwand der Dodo im Unterholz.

»Toni, lass das! Der hat sowieso nicht so viele Schwanzfedern!« Bendix zog dem Camptosaurier die Feder aus dem Schnabel, dann versteckte er sie schnell hinter seinem Rücken, denn gerade kam Ida wieder aus den Büschen hervor. Bei ihrem Anblick blieb Bendix allerdings der Mund offen stehen.

Ida war umschwirrt von Vögeln. Kleine Vögel, größere Vögel, graue Vögel, bunte Vögel. Noch mehr Vögel hüpften um ihre Füße herum, darunter etwas, das aussah wie eine fette Eule.

Karolina saß noch immer auf ihrer Schulter, aber auf der anderen Schulter und auf ihren Armen hockten jetzt weitere Karolinasittiche und krächzten laut und durchdringend um die Wette. Und auf Idas Kopf hatte sich ein großer braunorangener Papagei niedergelassen.

Es war ein einziges Gewusel und Gezwitschere. »So, wenn ihr fertig seid mit Lachen, dann kann ich euch ja mal die Insel zeigen«, knurrte Ida.

Toni und Kiri hatten sich unter die Vögel gemischt. Ihnen schien die Gesellschaft zu gefallen. Als Kiri aber mit ein paar rot-braunen Hawaiirallen unter einem Hibiskus verschwinden wollte, zog Toni ihn am Schwanz unter dem Busch hervor. »Kru«, knurrte er streng.

Bendix saß mit Ida und Chris auf einer Lichtung zwischen Hibiskusblüten, Goldtrompeten, Jasmin und Oleander. Beschattet wurden sie vom Blätterschopf eines Papayabaumes, von Tulpenbäumen und Palmen. Im Gras um sie herum lagen reife Früchte, aufgeplatzt und süß duftend. Chris sabberte fast. Er schien sich kaum auf das konzentrieren zu können, was Ida erzählte.

»Wie ihr sehen könnt, gibt es hier jede Menge flugunfähige Vögel. Sie lebten früher auf Inseln wie Hawaii, Mauritius oder Neuseeland, wo sie keine natürlichen Feinde hatten. Deshalb mussten sie nicht fliegen. Bis der Mensch kam.«

Ein paar flugunfähige Vögel hüpften um sie herum. Es waren die olivgrün gesprenkelten. Sie hießen Stephenschlüpfer. Kiri hüpfte begeistert hinterher. Tonis Kopf war in einer Papaya verschwunden.

Die großen, braun-orangenen Papageien mit ihren dünnen, spitzen Schnäbeln verjagten einige kleine braune Vögel, die neugierig herbeigetrippelt waren. Hühner mit Riesenfüßen pickten im Unterholz herum.

Bendix seufzte. Er konnte sich unmöglich all die Namen merken. Im nächsten Moment zuckte er zusammen, als ein Karolinasittich flatternd auf seiner Schulter landete. Und noch einmal, als er ihm ins Ohr krächzte, so laut, dass Bendix aufstöhnte vor Schmerzen.

»Tuck-tuck-tuck«, machte es von den Bäumen und »Pio! Pio!«.

»Guano ist eine Vulkaninsel, so wie Floribunda«, rief Ida gegen den Vogellärm an. »Der Vulkan ist allerdings schon seit Ewigkeiten erloschen. Die Kraterwände sind nicht mehr hoch, aber zu steil, um drüberzuklettern. Aber es gibt einen Weg ins Innere der Insel.«

Bendix horchte auf. »Und? Gehen wir da auch noch hin?«

Ida grinste und warf Karolina eine Nuss zu, auf die sich gleich ein ganzer Haufen Sittiche stürzte. »Ein anderes Mal«, sagte sie nur.

Bendix runzelte die Stirn. »Warum immer ein anderes Mal?«, fragte er. »Warum nicht heute?«

Ida grinste noch breiter und stützte sich mit den Händen im Gras auf. »Weil es im Krater auch noch andere Vögel gibt. Vögel, die zu einem Happen Camptosaurus oder Dryosaurus nicht Nein sagen würden.« Sie nickte zu Toni und Kiri hinüber.

Bendix starrte sie an. »Du meinst, es gibt Vögel, die so groß sind . . . dass sie . . . dass sie *Toni* . . .«, Bendix versagte die Stimme. Immerhin war Toni schon etwa so groß wie ein Kalb.

Ida wippte mit ihren Zehen und betrachtete ihre Füße, die schneeweiß waren gegen die braunen Beine. Ihre Stiefel lagen irgendwo im Gras. »Oh ja«, sagte sie dann. »Meine Vögel sind nicht halb so langweilig, wie du gedacht hast.«

Bendix wurde rot.

Als sie später zurück zur *Iguana* mussten, weigerte Toni sich, die leckeren Papayas zu verlassen. »Kru«, murrte er und flüchtete hinter einen Brotfruchtbaum.

»Toni, komm, du hattest genug«, schimpfte Bendix. »So viel Obst ist überhaupt nicht gut für dich!« Er versuchte, Toni zu packen, aber der schlüpfte schnell zwischen ein paar Pfefferbüsche. Nur wenige Sekunden später kam er mit einem Satz wieder daraus hervorgesprungen, wobei er sich schüttelte und mit den Armen ununterbrochen an seinem Kopf rieb. »Kru! Kru!« Es hörte sich ziemlich kläglich an. Dann jedoch hielt er mitten in der Bewegung inne, weil er Kiri entdeckte, der mit ein paar Laufhühnchen durchs Gras flitzte. Mit ein paar schnellen Schritten war Toni bei ihm, packte Kiri am Schwanz und grunzte zufrieden.

Thekla hatte mit Tante Popeline Nüsse und Früchte gesammelt und Jungpflanzen ausgegraben. Der Picknickkorb und mehrere Taschen und Beutel quollen fast über.

Chris warf hungrige Blicke auf den Picknickkorb, obwohl die Obstflecken auf seinem Hemd verrieten, dass auch er reichlich von den Früchten der Insel genascht hatte. »Kiri!«, rief er und pfiff nach dem Dryosaurier-Baby. »Kiri, wo bist du?« Dabei griff er in eine Bananenstaude und pflückte sich eine Handvoll Früchte. Gleich darauf sprang er erschrocken zur Seite, als ein riesiger Papagei zwischen den Büschen hervorgewackelt kam. Er hatte graublaue Federn, einen massiven Kopf mit einem gewaltigen Schnabel und er krächzte sehr verärgert.

Chris sah ihm mit großen Augen nach. »Kiri?«, rief er noch einmal. Aber Kiri war schon wieder in einer Gruppe Rallen unterwegs. Sie flitzten über ein Stück weißen Strand, der flach ins glitzernde Wasser abfiel.

Bendix seufzte. Er wäre gern noch länger auf Guano geblieben. Ida hatte ihnen so viel gezeigt und erzählt, sie waren in ihrer Hütte gewesen, in der es ein Bett, einen Tisch, ein Fernrohr und Hunderte von Vogelbüchern gab – aber wer im Krater lebte, wusste Bendix noch immer nicht. Er warf einen sehnsüchtigen Blick zur grün bewachsenen Steilwand hinüber.

»Nächstes Mal.« Ida lächelte ihm zu, als könne sie Gedanken lesen. »Komm jetzt. Wir müssen zurück sein, bevor es dunkel wird.« Sie drehte sich um und ging barfuß durchs Gras, inmitten einer Traube von Vögeln, die um sie herumwuselten.

Bendix sah ihr nach, seufzte ein weiteres Mal, dann pfiff er nach Toni. »Toni, komm!«

Nichts regte sich. Aber Bendix wusste trotzdem, wo sein Camptosaurier war: Er versteckte sich im Gestrüpp unter einem Mangobaum. Sein lautes Schmatzen verriet ihn.

»Nun komm schon!« In diesem Augenblick ließ sich ein Prachtmoho auf Bendix' Schulter nieder. Er hatte ein glänzendes schwarzes Gefieder mit leuchtend gelben Büscheln, die Bendix am Ohr kitzelten. Bendix traute sich kaum, sich zu bewegen.

»Kru!« Mit einem Satz kam Toni aus den Büschen gesprungen und richtete sich an Bendix' Bein auf. »Kru!«, knurrte er den Vogel an.

Karolina saß auf Idas Schulter, als die *Iguana* ablegte.

»Kommt sie mit?«, fragte Bendix, aber Ida schüttelte den Kopf.

Knut steuerte das Boot zwischen den weißen Felsen durch,

auf denen noch immer die Riesenalken saßen. Als sie die offene See erreicht hatten, begann Karolina, von einem Bein aufs andere zu trippeln und vor sich hin zu plappern.

»Ist in Ordnung, Karolina, meine Gute. Flieg du nur«, sagte Ida.

»Ida ist lieb«, krächzte Karolina ein letztes Mal, dann stieß sie sich von Idas Schulter ab und flog zur Insel zurück. Diesmal lachte niemand. Bendix sah Karolina nach, bis er sie nicht mehr vom Grün der Bäume unterscheiden konnte. Er rutschte ein bisschen näher an Ida heran. »Entschuldigung«, sagte er.

Ida drehte sich zu ihm um und sah ihn überrascht an. »Wofür?«, fragte sie.

Bendix starrte aufs Wasser. »Dafür, dass ich deine Vögel zuerst ein bisschen langweilig gefunden hab«, murmelte er.

»Ein bisschen?« Ida zog die Augenbrauen hoch.

»Na ja, ein bisschen mehr eben.« Bendix sah auf. »Dabei sind sie total klasse, deine Vögel!« Er lächelte Ida vorsichtig an.

Und Ida lächelte zurück. Warm und breit. »Ja, das sind sie«, sagte sie nur und räkelte sich wohlig. Ihr Gesicht leuchtete.

»Ida?«

»Ja?«

»Da ist bloß eins, was ich nicht verstehe. Ich meine, noch weniger verstehe, als dass das Leben auf einer ganzen Insel im Jura stehen bleibt.« Bendix holte tief Luft. »Wie kommt es, dass ausgestorbene Vögel aus der ganzen Welt zusammen auf einer Insel leben? Wie sind sie da hingekommen?«

Ida verschränkte die Arme vor der Brust und schloss die

Augen. Eine Weile sagte sie nichts. »Ich weiß es nicht«, flüsterte sie schließlich. »Aber ich werde es herausfinden. Das werde ich.«

Und die *Iguana* tuckerte weiter, über die ruhige See hinüber nach Floribunda, der Insel der Dinosaurier.

14.

Wir gehen heute ins Tal der Dinosaurier.« Thekla Salmonis verscheuchte eine Fliege, die um das Mangomus herumsummte. Dann nickte sie Bendix zu.

Der riss die Augen auf. »Was? Ich auch? Und was ist mit Toni?«

»Toni kommt mit.« Thekla brach einen Brotfladen durch, dass es nur so krachte. »Gestern waren die Camptosaurier dort. Ich möchte, dass er sich langsam an sie gewöhnt.«

Bendix schluckte. Sein Toni! Bald würde er mit der Herde ziehen.

Niedergeschlagen sah er zum Sauriergehege hinüber.

Toni hatte seinen Kopf über den Zaun gestreckt. »Kru!«, gurrte er fröhlich.

Wie schnell er gewachsen war! Zwei Monate war er jetzt alt und inzwischen fast so groß wie Bendix. So leicht wie früher konnte er sich nicht mehr im Farn verstecken. Und er fraß immer mehr. Er war kaum satt zu kriegen.

Bendix stützte das Kinn in die Hand. Er seufzte tief. Aber dann glitt langsam ein Lächeln über sein Gesicht. In seinem Magen kribbelte es. Das Tal der Dinosaurier! Er war lange nicht mehr dort gewesen.

»Ich gehe heute mit Kiri zum Muschelsand, hinter der Felszunge. Es war doch so stürmisch die letzten Tage. Da wollte ich mal gucken, was alles angeschwemmt wurde.« Chris hatte sich seinen Rucksack aufgesetzt und Kiri aus dem Gehege geholt. Wie eine Gazelle sprang der kleine Dryosaurier durch den Garten. Vor dem Hühnergehege blieb er stehen. Aber die Hühner pickten und scharrten weiter und kümmerten sich nicht um Kiri. Sie waren an Dinosaurier gewöhnt.

»Sehr gute Idee, Chris!« Knut zwinkerte mit den Augen, während er seine Pfeife stopfte.

»Vergiss nicht deinen Stock.« Bendix hielt seinen Hut fest, damit der Wind ihn nicht wegwehte. »Ich hab ihn mal vergessen. Und dann sind wir von Elaphrosauriern angegriffen worden.«

»Das wird mir nicht passieren.« Chris grinste breit über sein rundes Gesicht, das tiefbraun war von der Sonne. »Ich bin ja schließlich nicht blöd. Komm, Kiri!«

»Kri«, zirpte der kleine Saurier. Mit langen Schritten sprang er durch die Büsche zum Gartentor hinunter.

Der Weg mit Toni durch den Wald war beschwerlich. Der Dinosaurier blieb überall stehen und wollte fressen. Die Zapfen eines Lepidodendron-Baumes hatten es ihm besonders angetan.

»Toni!«, zischte Bendix. »Komm endlich! Fressen kannst du später noch.«

Toni bewegte sich nicht von der Stelle. Er kaute genüsslich. Ein langer Zapfen hing ihm aus dem Maul.

»Jetzt mach schon!« Bendix klapste Toni auf sein schuppiges Hinterteil.

»Kru«, knurrte Toni und rupfte noch ein paar Zapfen ab. Er hob den Kopf. Einen Augenblick lang blieb er reglos stehen, dann lief er plötzlich los. Er bewegte sich tapsig wie ein Bärenjunges, aber trotzdem war er in Windeseile zwischen den Büschen verschwunden.

»Toni!« Bendix rannte ihm nach.

»Bendix! Warte!« Thekla Salmonis hob ihre Hände, aber Bendix musste hinter Toni her.

Wie schnell Toni laufen konnte auf seinen kräftigen Beinen! Bendix konnte ihm kaum folgen. Er sprang über eine Wurzel und einen Bach und wich den Zweigen eines Mammutbaumes aus. Und dann prallte er fast gegen Toni, der so plötzlich stehen blieb, wie er losgerannt war. Ungefähr zwanzig Meter vor ihnen flitzte eine Herde Dryosaurier vorbei, so schnell, als sei ein Allosaurier hinter ihnen her.

»Kru!«, rief Toni. »Kru!« Aufgeregt zuckte sein Kopf vor und zurück. Aber die Tiere reagierten nicht. Sie sprangen einfach nur mit Riesensätzen davon.

»Kru!« Toni war enttäuscht. Lange sah er den Dryosauriern nach.

»Sei nicht traurig, Toni.« Bendix rieb seinen langen Kopf. »Wir bringen dich zu deiner Familie. Die findest du bestimmt noch toller.«

Hinter ihnen tauchte Thekla Salmonis mit einem krächzenden Archibald aus den Büschen auf. »Bendix«, keuchte sie, »lauf mir nicht davon. Es ist zu gefährlich. Hier gibt es auch noch größere Tiere als Dryosaurier. Mit längeren Zähnen.« Sie legte ihm eine Hand auf die Schulter.

»Ja, aber ich musste doch auf Toni aufpassen. Er ist vom Aussterben bedroht«, erklärte Bendix.

Thekla biss sich auf die Lippen. Sie lächelte.

Das Tal der Dinosaurier lag im Sonnenschein. Ein riesiger Kessel, eingeschlossen von steil aufragenden Felswänden. Es sah wunderschön aus. Bendix schloss die Augen für einen kurzen Moment und öffnete sie dann wieder. Das Tal war noch immer da.

Toni stand stocksteif da und sah in das Tal hinunter. Es schien, als sei er ebenso gefesselt wie Bendix.

Einen Augenblick lang musste Bendix an Tonis Mutter denken, die hier ganz in der Nähe gestorben war. Zum Glück wusste sein Toni nichts davon. Heute gab es nichts, was die Schönheit des Tales störte. Keine tote Camptosaurus-Mutter, kein verletzter Allosaurier. Hoffentlich.

Ein Insektenschwarm schwirrte an ihnen vorbei. Eine Fliege verirrte sich auf Bendix' Arm. Sie kitzelte ihn. Er wischte sie weg, ohne den Blick vom Seeufer abzuwenden.

Dort waren sie wieder! Die Diplodocus-Herde, so viele riesige Tiere! Viele hielten den Kopf zum Trinken gesenkt, wobei sie mit ihren langen Schwänzen schlängelnd durch die Luft peitschten. Die Stegosaurier sahen richtig klein aus neben ihnen, obwohl sie doch sogar größer waren als Elefanten. Zwei von ihnen hatten einer Gruppe Elaphrosaurier ihre Hinterteile zugedreht und schlugen mit ihren Schwänzen, ihrer gefährlichsten Waffe. Bendix sah, wie die langen Stacheln die Luft zerschnitten. Die Elaphrosaurier liefen unruhig hin und her, dann drehten sie ab und rannten ein Stück weiter.

Kleinere Dinosaurier wuselten überall zwischen den Giganten herum und ließen sie noch größer erscheinen. Bendix konnte aus der Ferne kaum erkennen, ob es sich um Fleischfresser oder Pflanzenfresser handelte. Am liebsten wäre er für immer und ewig so stehen geblieben und hätte geschaut und geschaut.

»Der See ist kleiner geworden«, stellte er nach einer Weile fest.

»Stimmt. Die Trockenzeit ist angebrochen. Bei uns ist jetzt Winter. Es ist kühler, aber auch trockener. Im August fällt kaum noch Regen. Danach steigt die Regenmenge wieder an, bis wir im März fast weggeschwemmt werden.« Thekla Salmonis hatte Bendix eine Hand auf die Schulter gelegt. Archibald hüpfte am Boden herum und suchte nach Insekten und kleinen Reptilien.

Toni zitterte. Er stand stocksteif da und stieß aufgeregte kleine Laute aus.

Thekla lächelte. »Komm. Ein Stück weiter ist eine Stelle, an der auch ein Camptosaurier das Tal betreten kann.« Sie drehte sich um und ging los, am Rand des Kraters entlang. Archibald sprang schimpfend hinterher. Thekla nahm ihn hoch und setzte ihn wieder auf ihre Schulter.

Bendix stolperte ihr nach. Er konnte den Blick nicht abwenden vom Tal und seinen Bewohnern.

Langsam senkten sich die Felsen ab und schließlich stiegen sie über eine breite Schneise in das Tal hinunter.

Thekla Salmonis drehte sich zu Bendix um. »Wir gehen dicht an der Felswand entlang. Im Notfall können wir besser klettern als ein Allosaurier. Außerdem hoffe ich, dass die Camptosaurier noch immer da sind, wo sie gestern waren. In einem Seitental.«

Durch Bendix' Körper lief ein Kribbeln, wie Strom. Ihm war auf einmal furchtbar kalt. »Und Toni?«, flüsterte er. »Was machen wir mit Toni, wenn ein Allosaurier kommt?«

Thekla biss sich auf die Lippen. »Das sehen wir dann«, sagte sie nach einer kurzen Pause. »Komm jetzt.« Sie drehte sich um.

Bendix folgte ihr. Hintereinander gingen sie den schmalen Trampelpfad zwischen niedrigen Farnen entlang. Zu ihrer Rechten ragten die Felsen auf, links von ihnen lag in der Tiefe das freie Tal. Immer wieder näherten sie sich vorsichtig Baumgruppen. Man konnte nie wissen, wer sich dort verbarg.

Dort zum Beispiel, in den Bärlappsträuchern. Was raschelte da so laut? Bendix hob seinen Stock. Äste knackten und die Blätter bewegten sich. Thekla und Bendix waren stehen geblieben. Sie starrten abwartend auf die Büsche. Auch Toni starrte auf die Büsche, schien aber nicht beunruhigt zu sein. Und dann schoss mit einem Mal eine Herde Compsognathen auf sie zu. In vollem Lauf bremsten die Tiere vor ihnen ab und sprangen fauchend in alle Richtungen davon, bis sie sich hinter ihnen wieder zur Herde vereinten.

»Kru«, gurrte Toni erfreut und blickte ihnen nach. Archibald schimpfte.

Die Pflanzen wuchsen jetzt dichter. Auch die Felswand zu ihrer Rechten war nun dicht bewachsen mit knorrigen Büschen. Lianen hingen aus ihnen herab. Die Sonne warf nur noch ein paar Lichtkringel durch die Blätter auf Bendix' Arme. Er konnte nicht mehr sehr weit sehen. Dafür hörte er hier umso besser. Er hörte das Gekrächze der Archäopteryxe im Unterholz und das Rauschen von Wasser. Ständig knackte es irgendwo und dann waren da Schritte. Schnelle Schritte auf trockenen Blättern. Tapp, tapp, tapp. Und wieder Stille.

»Thekla«, flüsterte er. »Wäre es nicht besser, wenn wir weiter draußen laufen würden? Am Rand der Ebene? Wo wir mehr sehen können?« Er umklammerte seinen Stock und sah sich in alle Richtungen um.

»Wir sind gleich da«, flüsterte Thekla zurück. »Der Eingang zum Seitental liegt sehr versteckt hinter diesen Büschen.«

»Kru«, flüsterte Toni. Dann blieb er stocksteif stehen und hob den Kopf.

Sofort stand auch Bendix still. Sein Herz schlug ihm bis in den Hals. Was hatte Toni gewittert? Er umklammerte seinen Stock so fest, dass seine Fingerknöchel ganz weiß wurden, und starrte in dieselbe Richtung wie der Camptosaurier. Überall knackte, rauschte, raschelte es . . . War irgendeines dieser Geräusche besonders gefährlich?

Mit einem Mal rannte Toni los. Auf seinen Hinterbeinen

brach er durch das Unterholz wie ein Panzer. »Kru!«, krächzte er aufgeregt. »Kru!«

»Toni!« Mit weit aufgerissenen Augen sah Bendix seinem Saurier hinterher. Jeder Muskel in seinem Körper war angespannt.

Diesmal hielt Thekla ihn fest, bevor er Toni nachlaufen konnte. Sie lächelte ihn an. »Es ist in Ordnung, Bendix. Ich glaube, er hat seine Herde gefunden. Gib ihm ein bisschen Zeit.«

Seine Herde? Bendix spürte ganz, ganz dringend, dass er Toni hinterherwollte. *Er* war seine Herde. Plötzlich hatte er einen Kloß im Hals. Stumm sah er Thekla an.

»Komm.« Sie legte ihm eine Hand auf die Schulter. »Wir schauen uns das mal an.« Sie führte Bendix auf einen breiten Trampelpfad im Dickicht. Nebeneinander liefen sie durch ein undurchdringliches Grün an Nadelbäumen und Gestrüpp in das Seitental. Dann standen sie urplötzlich auf einer Lichtung, die umgeben war von hohen Bäumen. Und Bendix hielt die Luft an.

Da waren sie, nur wenige Meter von ihm und Thekla entfernt. Die Camptosaurier. Und Toni war mittendrin.

Sie standen in einer Gruppe zusammen. Bestimmt waren es alle Camptosaurier, die es auf der Insel gab. Was hatte Ida gesagt? Elf Tiere, oder?

Sie standen in der Sonne am Rand der Lichtung und fraßen, hoch auf die kräftigen Hinterbeine aufgerichtet. Einige von ihnen hielten ganze Zweige in ihren Krallen, die wie Hufe aussahen.

Bendix biss sich auf die Lippen. Wie riesig die erwachsenen Tiere waren! Höher als Giraffen. Toni wirkte noch richtig winzig gegen sie. Aber er schien sich in der Herde wohlzufühlen. Die älteren Tiere hatten ihn bereits in ihre Mitte genommen, während sie mit ihren Hornschnäbeln Blätter von den Baumkronen abraspelten.

Aber – was war das? Da, hinter den größeren Tieren, tauchte plötzlich noch ein kleiner Camptosaurier auf. Und noch einer und noch einer ...

»Thekla!«, stieß Bendix atemlos hervor.

Sofort ging ein Ruck durch die Herde und die massigen Tiere setzten sich in Bewegung. Es grollte und die Erde zitterte wie bei einem Erdbeben, als alle Füße auf einmal über den Boden trampelten.

»Pssst.« Thekla Salmonis legte einen Finger auf ihre Lippen. Aber in ihren Augen standen Tränen vor Glück. Sie hatte es auch gesehen.

Ein Stück von ihnen entfernt kam die Herde wieder zur Ruhe und begann sofort, wieder zu fressen.

»Sie haben Jungtiere«, wisperte Thekla und wischte sich über die Augen. »Mindestens fünf Stück. Oh, es ist wunderbar, so wunderbar!« Sie schniefte leise.

Und dann standen sie einfach nur dort und guckten.

Die Sonne fiel schon schräg vom Himmel, als Thekla Salmonis sagte: »Lass uns wieder zurückgehen.«

Bendix drehte sich zu ihr um. »Und Toni?«, fragte er und seine Stimme klang brüchig. »Den nehmen wir doch wieder mit, oder?«

Thekla blickte hinüber zur Herde. Die Tiere standen jetzt

zwischen den Bäumen und waren mit den bräunlichen und grünlichen Streifen und Flecken auf ihren Schuppen kaum zu erkennen. Sonnenstrahlen spielten auf ihren großen Körpern.

Thekla schüttelte langsam den Kopf. »Dein Toni hat seinen Platz gefunden«, sagte sie leise. »Er fühlt sich hier wohl, Bendix. Ich hätte nicht gedacht, dass es so schnell gehen würde, dass sie ihn so problemlos akzeptieren würden, aber ich bin sehr froh darüber.« Sie stand hinter Bendix und legte ihre Arme um ihn.

Bendix konnte kaum atmen. Er war überhaupt nicht froh. Im Gegenteil, er fühlte sich, als hätte ihm gerade jemand das Herz herausgerissen. In seinen Augen brannten Tränen und hinter seiner Stirn pochte ein wütender Schmerz.

»Toni«, wisperte er. Eine Träne löste sich aus seinen Wimpern und lief die Wange hinab.

»Ihr werdet euch noch sehr oft begegnen.« Thekla drückte Bendix fest an ihre Brust. »Es ist ja kein Abschied für immer.«

Trotzdem. Es tat so weh wie ein Abschied für immer.

Es tat so weh wie bei Mama und Papa.

Kiri spielte im Garten, als sie zurückkamen.

»Wo ist Chris?« Thekla sah sich um. Dann entdeckte sie ihn.

Er saß auf der Veranda und sah sehr schlecht aus. Sein Gesicht war blass und schmerzverzerrt.

»Chris! Was ist passiert?« Erschrocken lief Thekla auf ihn zu.

Bendix rannte ihr nach, die Stufen zur Veranda hoch. Als er bei Chris ankam, keuchte er vor Schreck auf. Chris' linkes Bein war bis zum Knie dick mit einem Verband umwickelt.

»Gebissen«, stieß Chris hervor und versuchte ein gequältes Grinsen. »Ein Elaphrosaurier. Unten am Muschelsand.« Er stöhnte vor Schmerz.

Thekla Salmonis war jetzt auch ganz blass geworden. Sie ging vor Chris in die Hocke.

Tante Popeline trat aus dem Haus und wischte sich die Hände an einem Tuch ab. Auch ihr sah man noch den Schrecken an. »Vor einer Stunde kam Chris den Gartenweg hoch. Die linke Wade aufgerissen, es blutete sehr stark. Aber er ist den ganzen Weg vom Strand hierhergelaufen.« Ihre Stimme klang anerkennend. »Ich habe mein Bestes versucht. Die größte Wunde habe ich zugenäht und dann habe ich alles desinfiziert und ihn verbunden.«

»Zugenäht?« Bendix starrte Chris an. Der hatte die Augen geschlossen. »Ohne Betäubung?«

Tante Popeline nickte. »Oh ja. Er war sehr tapfer. Aber er war ohnehin sehr tapfer. Er hat Kiri das Leben gerettet. Die Elaphrosaurier hatten es auf Kiri abgesehen.«

Jetzt waren alle Blicke auf Chris gerichtet. Er öffnete mühsam die Augen. »Ich musste ihn hochnehmen«, keuchte er. »Aber dadurch konnte ich mich nicht mehr gut verteidigen. Ich hatte ja nur noch eine Hand frei. Und als ich dann die Felsen hochwollte, da hat mich einer erwischt.«

»Chris.« Thekla legte ihre Hände auf seine Knie. »Das war sehr, sehr mutig von dir.«

»Ich musste es doch tun.« Chris rieb sich die Augen.

»Sonst hätten sie Kiri gefressen. Schließlich hab ich die Verantwortung für ihn.« Es klang so, als sei es das Selbstverständlichste der Welt, sich von einem Elaphrosaurier beißen zu lassen.

Bendix schluckte. Er wollte Chris so gern etwas Nettes sagen, aber irgendwie war sein Kopf gerade ganz leer.

Auch Thekla sah Chris nur still an, aber auf ihrem Gesicht lag ein warmherziges Lächeln.

»Auf jeden Fall«, unterbrach Tante Popeline ihr Schweigen, »habe ich beschlossen, dass Chris' Seegurken-Diät ab heute vorbei ist. Zur Feier des Tages habe ich ein Huhn geschlachtet und Chris darf sich nachher das schönste Stück aussuchen.«

Chris' Kopf fuhr hoch. Ungläubig riss er die Augen auf. Erst als er die Gesichter der anderen sah, verzog sich sein Mund zu einem breiten Grinsen. Gleichzeitig füllten sich seine Augen mit Tränen. »Endlich«, schniefte er. »Endlich!«

»Brust oder Keule, Chris?« Tante Popeline hielt ihm den Teller hin.

Chris zitterte vor Aufregung. »Beides!«, stieß er hervor, wobei er vor Wonne sabberte.

Alle lachten.

Das gebratene Huhn duftete köstlich und es schmeckte einfach nur wundervoll! Die knusprige Kokos-Curry-Kruste, das zarte weiße Fleisch . . . auch Bendix aß, bis er das Gefühl hatte zu platzen. Und das Süßkartoffelmus mit Mango und Banane war besser als jeder Schokoladenpudding!

Nach dem Essen saßen sie noch lange zusammen, Thekla

und Knut, Ida und Tante Popeline, Bendix und Chris. Chris musste seine Geschichte wieder und wieder erzählen. Es ging ihm schon deutlich besser.

Ida hatte sich vorgelehnt und sah Chris mit großen Augen an. Sie hatte den ganzen Tag auf Guano verbracht und war erst spät mit Knut nach Hause gekommen. Jetzt starrte sie Chris an, als sähe sie ihn zum ersten Mal.

»Was?«, knurrte Chris und runzelte die Stirn.

»Mann, Chris, das war voll mutig von dir!« Ida sah aus, als glaubte sie noch immer nicht, was passiert war.

»Klar war das mutig«, knurrte Chris, wobei ein winziges Grinsen über sein Gesicht huschte.

»Nee, echt! Das hätte ich nicht gedacht. Ich dachte immer, du bist so einer, der seinen Kiri sofort an jeden Fleischfresser verfüttern würde, der gerade mal vorbeischaut.«

Sofort war das Lächeln auf Chris' Gesicht erloschen. Er sah aus, als wolle er sich auf Ida stürzen wie ein Bullterrier auf einen Pinscher. Aber Ida grinste ihn so breit an, dass er zögerte. Sie stützte das Gesicht in die Hände. »Das war echt cool, Chris.«

Und plötzlich sah Chris aus, als wüsste er nicht mehr, wohin er gucken sollte.

Eine kühle Brise strich über die Veranda und auf dem Tisch flackerte ein Windlicht. In der Dunkelheit zirpten die Grillen, im Wald krächzten und knurrten Dinosaurier. Es duftete nach Vanille.

»Und Toni ist jetzt bei den Camptosauriern?«, fragte Chris schließlich.

Sofort tat es wieder weh. Bendix senkte den Kopf. Den

ganzen Abend hatte er versucht, nicht an Toni zu denken. Langsam nickte er.

Einen Moment lang war Chris still. Dann sagte er: »Da geht's ihm bestimmt supergut. Echt. Die sind schließlich seine Familie, die Camptosaurier.«

Wieder nickte Bendix und wieder war es einen Moment lang still. Dann fragte er leise: »Tut dein Bein noch sehr weh?«

»Och«, sagte Chris, »ja, schon. Aber nicht mehr so wie vorhin.«

Bendix warf einen Blick auf den weißen Verband, der in der Dunkelheit leuchtete.

»Ich weiß nicht, ob ich so mutig gewesen wäre«, sagte er dann.

»Klar wärst du so mutig gewesen!« Chris überlegte einen Moment. »Wahrscheinlich nicht bei Elaphrosauriern. Aber bestimmt bei Coelurus. Oder bei Compsognathus.« Er grinste von einem Ohr zum anderen.

Da musste auch Bendix grinsen. Und er hatte das Gefühl, auch seine Familie gefunden zu haben.

15.

Chris' Wunde heilte nur langsam. Deshalb musste Bendix ihm viel mit Kiri helfen. Er tat es gern, es lenkte ihn von Toni ab.

Auf den Schulunterricht bei Tante Popeline hingegen hätte er gut und gern verzichten können. Wozu musste er nur Polynesisch lernen? Das brauchte er doch auf Floribunda gar nicht!

Chris lümmelte sich auf seinem Stuhl im Wohnzimmer, ächzte und stöhnte und tat so, als hätte er große Schmerzen.

Tante Popeline sah ihn streng an. »Talofa«, sagte sie dann.

»Tofa«, antworteten Bendix und Chris wie aus einem Mund.

»Leai! Nein, das ist falsch!« Tante Popeline hackte mit ihrem Schnabel nach ihnen. »Wenn ich *Guten Tag* sage, dann sagt ihr auch *Guten Tag* und nicht *Auf Wiedersehen!* Das wisst ihr ganz genau!«

Bendix und Chris grinsten sich an.

Dann sah Tante Popeline sich suchend um. »Oi fea Ida?«

Tja, wo war Ida wohl? »I Guano«, antwortete Bendix und seufzte sehnsüchtig.

Tante Popeline schlug mit einem Knall ihr Buch zu und machte ein verkniffenes Gesicht. »Leai, leai! So geht das aber wirklich nicht! Ida war erst gestern auf Guano. Sie wusste ganz genau, dass heute Schule ist!«

Nein, Bendix beobachtete lieber stundenlang Kiri, wie er am Strand hin und her flitzte. Die Pterosaurier schnappten nach ihm, wenn er ihnen zu nahe kam, aber Kiri schlug geschickt Haken. Dann stand er wieder im Farn und hielt einen Zweig in den kleinen Krallen, an dem er kaute. Er hatte einen Hornschnabel wie Toni, aber alles an seinem Kopf war viel kleiner und zierlicher. Wenn er mit seinem kleinen Schnabel an Bendix' Fingern knabberte, wollte Bendix ihn am liebsten in den Arm nehmen und ordentlich knuddeln.

Aber irgendwann waren Chris' Verletzungen doch vernarbt und Thekla Salmonis sagte: »So, ihr Lieben, jetzt ist auch Kiri dran. Er muss zurück zu seiner Herde.«

Chris starrte Thekla an, als hätte sie von ihm verlangt, Kiri an die Allosaurier zu verfüttern.

Auch Bendix schluckte schwer. Jetzt musste er sich schon wieder von einem Tier verabschieden.

Chris humpelte jämmerlich, als er hinter Thekla her in den Wald schlich. Aber sie ließ sich nicht erweichen.

Kiri hüpfte fröhlich vorneweg.

Bendix fuhr an diesem Tag mit Knut hinaus zum Angeln. Sie redeten nicht viel. Die Wellen plätscherten um den Bug und Bendix' Lippen schmeckten salzig, wenn er mit der Zunge darüberleckte.

Vom Meer aus gesehen wirkte Floribunda so klein! Einzig der Vulkan ragte hoch in den blauen Himmel. Kaum zu glauben, dass dort riesige Urzeittiere wie Allosaurus oder Diplodocus überlebt hatten!

»Bendix!« Knut zeigte aufs Wasser.

Bendix schnappte nach Luft. Kaum eine Schiffslänge von ihnen entfernt glitten mehrere Ophthalmosaurier dicht unter der Oberfläche durchs Wasser. Bendix erkannte sie an ihren riesigen Augen. Jedes der Tiere war bestimmt länger als die *Iguana.* Einen Augenblick lang musste er an den gigantischen Liopleurodon denken, dem sie auf der Hinfahrt nach Floribunda begegnet waren. Wo er wohl jetzt gerade sein mochte?

Am Nachmittag tuckerten sie zurück zur Insel. Sie hatten einen Thunfisch gefangen, der fast so lang war wie Bendix. Davon würden sie eine Weile essen können.

Während Knut das Boot vertäute und begann, den Fisch an Ort und Stelle zu zerlegen, lief Bendix zum Haus hoch. Chris saß auf der Veranda und las in einem Buch. Er sah niedergeschlagen aus.

Bendix verlangsamte seinen Schritt. »Hallo Chris!«

»Hallo«, murmelte Chris und seufzte.

»Wie, äh ... wie lief es denn? Mit Kiri, meine ich?«

Wieder seufzte Chris. »Wir sind ziemlich schnell auf eine Dryosaurier-Herde gestoßen«, sagte er dann. »Und Kiri rannte sofort mit ihnen mit. Das war's.«

»Oh.« Bendix biss sich auf die Lippen. Einen Moment lang schwiegen beide Jungen. Dann holte Bendix tief Luft. »Auf jeden Fall geht es ihm jetzt gut. Er ist jetzt da, wo er hingehört. Bei seiner Familie.«

»Ja«, sagte Chris und seufzte wieder.

Bendix setzte sich zu ihm und sah aufs Wasser. Die Luft war heute sehr klar, man konnte weit sehen. Eine ganze Zahl von kleinen Inseln und Felsen war deutlich am Horizont zu erkennen. Aber was war das? Bendix kniff die Augen zusammen. Dieser kleine weiße Punkt vor den Felsen, der immer näher kam? Einen Augenblick lang dachte Bendix, es könnte vielleicht eine Möwe oder eine Schaumkrone sein ... Dann schoss ihm die Erkenntnis wie ein Blitz durch den Körper. Sofort fuhr er hoch und starrte mit offenem Mund auf den weißen Fleck.

»Chris!«, schrie er. »Chris! Da kommt ein Boot!«

Jetzt sprang auch Chris auf und starrte aufs Meer. »Wo denn?«

»Dahinten, rechts von der Landzunge, siehst du nicht?«

Bendix hörte, wie Chris scharf die Luft zwischen den Zähnen einsog. »Du hast recht! Was machen wir denn jetzt?«

»Die Versammlung! Unsere Vorsichtsmaßnahmen! Wie war das noch mal? Wir müssen allen Bescheid sagen! Geh du ins Haus, ich lauf runter zu Knut. Wo sind Thekla und Ida?« Bendix spürte Übelkeit aus seinem Bauch hochsteigen.

»Thekla ist im Haus. Ida wollte ins Grüne Tal.«

Das Boot war jetzt schon deutlicher zu erkennen. Es fuhr schnell. Und es hielt zweifellos auf die kleine Bucht zu. Jemand schien genau zu wissen, wohin er wollte.

Chris rannte ins Haus, während Bendix den Weg zum Bootssteg hinunterlief. »Knut«, schrie er schon von Weitem. »Knut! Ein Boot! Da kommt ein Boot!« Er flog fast über das Strandkraut. Ein paar Pterodactylus hüpften vor ihm davon. Sie krächzten verärgert.

Knut sah auf. »Was?«, brummte er und kratzte sich am Kopf. Er zog sein Messer aus dem Körper des Thunfischs und wischte es an einem Lappen ab.

»Ein Boot!« Bendix japste und zeigte aufs Wasser. »Dahinten. Ein Boot!« Er hüpfte um Knut herum. Der hielt sein Messer in der Hand, als erwarte er einen Piratenangriff. Er biss auf dem Pfeifenstiel herum und blickte aufs Meer. Dann erstarrte er. »Ein Boot«, brachte er kaum hörbar hervor.

Es war schon viel näher herangekommen. Ein weißes Boot mit einem blauen Schriftzug auf der Seite. *Police* stand da. Polizei. Und es kam direkt auf sie zu. Sie sahen schon die Gischt am Bug spritzen und hörten das leise Brummen des Motors zwischen einzelnen Windböen.

Einen Augenblick lang standen die beiden dort wie Wachsfiguren. Dann fingen Bendix' Beine wieder an zu zappeln. »Was sollen wir bloß tun?«, fiepte er und biss sich auf die Fingerknöchel.

»Ähm, also . . .«, Knut überlegte kurz, »du läufst wieder

nach oben zu den anderen. Ich versuche, sie schon hier unten abzuwimmeln.«

»Und wenn sie . . . und wenn sie hochkommen?« Bendix starrte auf das Boot. Das Motorengebrumm war mittlerweile nicht mehr zu überhören.

Die Dinosaurier, dachte er. Sein Herz krampfte sich zusammen. Sie durften sie nicht entdecken, sie durften nicht . . .

»Sperrt die Compsognathen weg. Den Rest sehen wir dann. Jetzt lauf!«, knurrte Knut und biss auf den Stiel seiner Pfeife, dass es nur so krachte.

Von der Veranda aus beobachteten sie, wie das Boot am Steg anlegte. Drei Personen stiegen aus. Sie redeten mit Knut.

Bendix reckte den Kopf, um besser sehen zu können. Chris trommelte mit den Fingern auf dem Holztisch herum. Thekla fegte den Boden, weil sie nicht stillsitzen konnte. Archibald hatte sie im Haus eingesperrt. Und Tante Popeline stellte ein Tablett mit Saft und Gläsern auf den Tisch und zupfte dann an ihrer Bluse herum.

»Sie kommen«, sagte Thekla. »Benehmt euch ganz natürlich. Und kein Wort von Dinosauriern!«

»Natürlich nicht!« Bendix knibbelte an einem Knopf seines Hemds, der locker war.

»Wir sind doch nicht blöd!« Chris tat, als würde er in einer uralten Zeitschrift über Außenbordmotoren lesen.

Thekla hatte aufgehört zu fegen. Tante Popeline zupfte an ihrer Frisur herum. Keiner redete mehr, alle starrten in den Garten.

Und dann tauchten sie auf, zwischen Guaven und Beerensträuchern. Knut und die drei Polizisten. Zwei Männer und eine Frau. Sie kamen schnurstracks auf die Veranda zu.

Bendix merkte, dass er die Polizisten anstarrte, also nahm er sein Glas und trank einen Schluck. Es lief ihm kalt den Rücken hinunter, als er ihre Stimmen hörte. Fremde Stimmen. Sie gehörten nicht hierher.

»Talofa«, sagte einer von ihnen. Es war der Lange, der vorne ging. Er trug seine glatten schwarzen Haare zu einem Pferdeschwanz gebunden.

Thekla sprang auf. »Oh, talofa!«, rief sie und klang so überrascht, als hätte sie die drei Polizisten eben erst entdeckt. »Das ist ja eine ... Freude! Hm, Besuch, wie schön!« Sie lachte gekünstelt und streckte dem ersten Polizisten eine Hand hin.

Er nickte nur kurz. »Chefinspektor Akamu Akahi von der polynesischen Polizei. Das sind meine Kollegen Kimo Elua und Mele Wahine. Und Sie sind ...?« Er machte schmale Augen.

»Thekla Salmonis«, sagte Thekla herzlich und mit viel zu lauter Stimme. »Angenehm!«

»Aha.« Akamu Akahi schwieg. Er fixierte Thekla mit bohrendem Blick. »Ich muss mich schon sehr wundern«, sagte er schließlich vorwurfsvoll, »dass es hier eine bewohnte Insel gibt, von der ich nichts weiß. Floribunda, soso. Wir mussten sie lange suchen, wissen Sie? Sehr lange.« Wieder schwieg er und musterte Thekla eindringlich.

Thekla senkte den Blick und sah unbehaglich aus. Sie nahm die Brille ab und putzte die Gläser.

Dann schaute Akamu Akahi von Chris zu Bendix und von

Bendix zu Chris. »Heißt einer von euch beiden Jungen Chris Wattworm?«

Bendix merkte, dass Chris neben ihm zusammenzuckte und den Kopf zwischen die Schultern zog. Mit gesenkten Augen nickte er schließlich. »Ich bin Chris«, krächzte er leise.

»Soso. Du bist Chris.« Der Chefinspektor zog eine Flasche aus der Tasche.

Chris stöhnte leise auf. Bendix bekam große Augen. Er kannte die Flasche. Es war eine ihrer Trinkflaschen. Sie war verschwunden, an dem Tag, an dem Chris das erste Mal mit Knut zum Angeln gefahren war.

»Vor zwei Wochen hat ein Fischer, der vor den Tuahea-Inseln angelte, einen Brief gefunden. In dieser Flasche.« Akamu Akahi zog ein zusammengerolltes Blatt Papier aus der Tasche und sah Chris scharf an.

Chris sackte in seinem Stuhl zusammen.

»Ich lese den Brief vor.« Akahi räusperte sich. Dann las er.

»Hilfe! Rettet mich! Mein Name ist Chris Wattworm. Ich bin zwölf Jahre alt und von Thekla Salmonis entführt worden. Sie hat mich auf die Insel Floribunda verschleppt und hier gibt es riesige Dinosaurier! Ich bin in Lebensgefahr, das ist kein Scherz! Bitte rettet mich so schnell wie möglich! Viele Grüße, Chris Wattworm.«

Es war totenstill am Tisch. Alle starrten nach unten, ins Leere. Niemand sagte etwas.

Chefinspektor Akahi rollte den Brief wieder zusammen. »Hast du diesen Brief geschrieben und die Flaschenpost ins Wasser geworfen, Chris Wattworm?«

Chris hatte die Lippen aufeinandergepresst. Unter dem Tisch knetete er seine Finger. Dann nickte er, ohne aufzuschauen.

»Du bist also entführt worden.« Akamu Akahi trat einen Schritt vor. Die beiden anderen Polizisten traten ebenfalls einen Schritt vor. »Von dieser Frau. Thekla Salmonis.«

Theklas Gesicht wurde schneeweiß. Nun sah sie Chris an. Ihre Augen wirkten fassungslos und traurig.

Chris hatte noch immer den Blick gesenkt. Kaum sichtbar schüttelte er den Kopf.

»Wie darf ich das verstehen, Chris Wattworm? Hier steht doch: *›Ich bin in Lebensgefahr, das ist kein Scherz!‹«* Akahis Stimme war lauter geworden.

Mele Wahine nickte und machte einen energischen Mund. Sie war eine kleine Frau mit rundem Gesicht und großen schwarzen Augen.

Chris schluckte. Er öffnete den Mund und holte tief Luft. »War aber doch ein Scherz«, fiepte er dann kaum hörbar.

»Aha! Aha!« Akahis Stimme war jetzt noch lauter. *»War aber doch ein Scherz«*, ahmte er Chris nach. »Und Thekla Salmonis hat dich gar nicht entführt, was? Am Ende bist du ihr Sohn, wie?«

»Ich habe Chris und Bendix adoptiert«, warf Thekla ein. »Sie sind Waisenkinder.«

»Wer hat Sie denn gefragt?«, blaffte Kimo Elua. Er hielt seine Arme vor der Brust verschränkt und sah so aufgeblasen aus wie ein Ochsenfrosch. »Sie halten den Mund, bis Sie dran sind!«

Thekla biss die Zähne aufeinander und starrte Kimo Elua böse an.

»Ist das wahr, Chris?« Akamu Akahi warf seinen Pferdeschwanz über die Schulter.

Chris sah auf. Er blickte Thekla in die Augen. Dann nickte er. »Ja«, sagte er. »Thekla und Knut Salmonis haben uns adoptiert. Und die Flaschenpost war bloß . . . bloß ein Scherz.«

»Wir haben gespielt«, erklärte Bendix. »Es war nur ein Spiel.«

»Wer hat dich denn gefragt?«, blaffte Kimo Elua. »Du hältst den Mund, bis du dran bist!«

»Ist gut, Kimo.« Mele Wahine legte ihm eine Hand auf den Arm.

Akamu Akahi stellte die Flasche mit einem Knall auf den Tisch. »So«, sagte er. »Alles nur ein Spiel. Und . . . und was ist mit diesem Unsinn von wegen Dinosaurier?«

»Alles nur ein Spiel«, sagten alle wie aus einem Munde.

In diesem Augenblick kamen Malm, Dogger und Lias aus dem Haus gehüpft. Irgendwie mussten sie sich aus ihrem Zimmer befreit haben. Neugierig streckten sie ihre Köpfe vor. Dann sprangen sie die Veranda hinunter, bis sie direkt vor den Polizisten standen.

Mele Wahine stieß einen Schrei aus.

»Chrr . . . zzz . . . chchch!«, fauchte Dogger.

Mele Wahine rang nach Luft. »Was . . . was . . .«

Akamu Akahi machte wieder schmale Augen. »So. Keine Dinosaurier. Und was ist das, wenn ich fragen darf?«

»Wenn du mich fragst«, Kimo Elua trat einen Schritt vor, »sehen mir die Viecher ganz aus wie Dinosaurier, Chef!« Er kratzte sich am Kopf. »Und zwar ganz genauso. Ich kenn mich da aus. Meine Kinder haben nämlich so ein Buch über ausgestorbene Tiere.«

Bendix war wie erstarrt. Aber Knut und Thekla schüttelten ihre Köpfe. »Dinosaurier?« Thekla legte den Kopf in den Nacken und lachte schon wieder viel zu laut. »Das sind doch keine Dinosaurier. Dinosaurier sind riesengroß mit Zähnen wie Dolche. Die drei, das sind . . . Leguane.«

»Leguane«, wiederholte Akahi und seine Augen wurden noch schmaler. »Sie sehen aber nicht aus wie Leguane. Leguane laufen auf vier Beinen. Diese Tiere . . .«, er zeigte auf die drei Compsognathen, »sehen, je länger ich sie mir anschaue, tatsächlich aus wie Dinosaurier.«

»Es sind besondere Leguane«, knurrte Knut und biss auf seinem Pfeifenstiel herum. »Floribunda-Leguane. Es gibt sie nur auf dieser Insel und wir züchten sie, damit sie nicht aussterben.«

Tante Popeline nieste.

»Gesundheit«, sagte Akamu Akahi.

»Danke«, sagte Tante Popeline und griff nach einem Taschentuch.

»Nun gut.« Der Chefinspektor zögerte. Dann räusperte er sich. »Wenn kein Verbrechen vorliegt, dann werden wir wieder fahren. Aber, Junge, schreib nie wieder solch eine Flaschenpost! Das nächste Mal müssen wir die Kosten für unseren Einsatz berechnen, ist das klar?«

In diesem Moment gellte ein Schrei durch den Garten. Alle zuckten zusammen, auch die drei Polizisten.

Zwischen den Büschen kam Ida hervorgeschossen wie ein Coelurus. »Was ist hier los?«, schrie sie.

Akamu Akahi betrachtete Ida missbilligend. »Nun«, sagte er, »der Junge dort, Chris Wattworm, hat eine Flaschenpost geschrieben. Darin steht, er sei von Thekla Salmonis entführt worden auf eine Insel voller Dinosaurier und er will gerettet werden.«

Wieder stieß Ida einen Schrei aus, diesmal noch schriller. »Ich wusste es!«, kreischte sie. »Ich wusste, dass du alles kaputt machst! Schon als ich dich das erste Mal gesehen habe, hab ich es gewusst! Du hast unser Geheimnis verraten! Die Dinosaurier, sie werden aussterben und es ist alles deine Schuld!« Sie stürzte sich auf Chris und stieß ihn mitsamt dem Stuhl um.

»Aua!«, jammerte Chris. »Nein! Ida!« Er versuchte, sich mit den Händen zu schützen.

Mit energischen Schritten trat Akamu Akahi auf die Veranda und trennte die beiden voneinander. »Moment einmal, junge Frau. Was haben Sie da gerade gesagt? Von den Dinosauriern?«

Ida sprangen Tränen aus den Augen. »Er hat alles verraten!«, schrie sie. »Und jetzt werden sie aussterben! AUSSTERBEN! Alle! Die Allosaurier, die Stegosaurier . . .!« Sie wollte sich wieder auf Chris stürzen, aber Knut hielt sie fest.

»Darf ich Sie einen Augenblick sprechen«, raunte Thekla dem Chefinspektor zu und packte ihn am Ärmel seines Polizeihemdes.

»Ja . . . aber . . .«

Sie zog ihn ein Stück zur Seite. »Meine Tochter Ida«, flüsterte sie, aber Bendix konnte sie trotzdem hören, »sie hat ein kleines Problem. Wissen Sie, als sie sechs Jahre alt war, hatte sie einen kleinen ... Unfall ... mit einem Zirkuselefanten. Verstehen Sie?«

Akamu Akahi sah nicht so aus, als verstünde er.

»Und seitdem sieht sie überall große Tiere. Sie ist geradezu besessen davon. Überall sieht sie Dinosaurier. Wir spielen das Spiel mit, denn wenn wir ihr sagen, dass die Dinosaurier schon lange ausgestorben sind, haut sie alles kurz und klein.«

»Ich haue alles kurz und klein!«, kreischte Ida in diesem Moment.

»Sehen Sie?« Thekla machte ein bekümmertes Gesicht. »Und sie war früher so blitzgescheit. Es ist ein Jammer!« Sie schluchzte auf.

Jetzt sah Akamu Akahi aus, als verstünde er. Er legte Thekla eine Hand auf die Schulter. »Machen Sie sich keine Sorgen«, sagte er mit leiser Stimme. »Aber passen Sie bitte auf, dass so etwas nicht wieder vorkommt.«

Thekla nickte. »Oh ja, es wird nicht wieder passieren.« Dann seufzte sie abgrundtief und wischte sich eine Träne aus dem Augenwinkel.

Der Chefinspektor richtete sich auf. »Kimo! Mele!«, rief er. »Wir fahren. Entschuldigen Sie die Störung, gnädige Frau. Aber wir müssen nun einmal jedem Hilferuf nachgehen.«

»Das ist doch selbstverständlich«, sagte Thekla schwach. »Sie tun ja nur ihre Pflicht.«

»Sie sagen es. Auf Wiedersehen. Und ...«, er zwinkerte ihr zu, »viel Spaß noch mit den Dinosauriern!«

Dann drehten die drei Polizisten sich um und verschwanden zwischen den Büschen.

Ida starrte ihnen mit riesigen Augen hinterher. Sie klappte den Mund auf und zu wie ein Fisch.

16.

Sieben, acht, neun . . . Mist, jetzt bewegen sie sich schon wieder!« Chris warf seinen Bleistift auf den Boden. »Wie soll man die Viecher denn zählen, wenn sie nicht stehen bleiben?«

»Dahinten sind auch noch welche. Hinter den Bärlappsträuchern. Vielleicht können wir sie besser sehen, wenn wir ein Stück weiter rübergehen.« Bendix kratzte an einem Mückenstich.

Sie saßen am Rand des Grünen Tals und sahen hinunter. Die Camptosaurier waren da, die ganze Herde. Und Bendix und Chris sollten sie zählen.

»Wir wissen von sieben Weibchen und vier Männchen«, hatte Thekla gesagt. »Aber nun sind ja glücklicherweise ein paar Junge dazugekommen. Wir müssen unbedingt genau wissen, wie viele Camptosaurier wir jetzt haben, damit wir sie im Auge behalten können. Es ist noch immer eine kleine Herde.«

Und da saßen Bendix und Chris nun und behielten sie im Auge. Zählen konnten sie sie trotzdem nicht.

Bendix rappelte sich hoch. Mit den Händen schirmte er das Gesicht vor der Sonne ab.

Dort unten wuselten ein paar kleine Camptosaurier um die großen herum. Sie verschwanden in den Farnen, dann liefen sie hinter den Wasserfall.

Toni war nicht dabei.

»Ich geh mal dahinten hin.« Bendix zeigte auf die Felswände gegenüber. »Ich wette, da haben wir einen besseren Überblick.« Er hüpfte von einem Bein aufs andere und sah zum x-ten Mal in das Tal hinunter.

Wo war Toni? Warum war er nicht bei den anderen? Und wenn er da war, warum kam er nicht angelaufen, wenn Bendix ihn rief?

»Kommst du mit?«, fragte er Chris.

»Meinetwegen«, brummte Chris. »Aber wenn wir da drüben sind, essen wir erst mal Mittag. Mir hängt der Magen schon in den Kniekehlen.« Er stemmte sich vom Rand des Felsens hoch und ächzte dabei wie ein alter Mann.

Bendix antwortete nicht. In seinem Bauch summte ein Bienenschwarm. Nein, Hunger hatte er wirklich nicht. Er würde keinen Bissen runterkriegen, solange er Toni nicht gefunden hatte.

»Toni!«, rief er noch einmal leise ins Tal hinunter, denn er wollte die anderen Camptosaurier nicht erschrecken. Einige von ihnen hörten auf zu fressen und drehten ihre Köpfe in seine Richtung. Das Wasser plätscherte, irgendwo in der Ferne grunzten ein paar Dinosaurier.

Kein Toni weit und breit.

»Er ist garantiert dahinten.« Chris nickte in Richtung Wasserfall. »Steht da in den Büschen, frisst und frisst und lässt sich nicht stören.« Er wischte sich die Haare aus der Stirn.

»Dann habe ich ihm wohl den falschen Namen gegeben«, seufzte Bendix. »Ich hätte ihn nicht Toni nennen sollen, sondern Chris.«

»Werd ja nicht frech, du Wicht!« Chris rempelte ihn an. »Sonst schubs ich dich runter ins Tal. Dann kann dich der nächste Allosaurier, der vorbeikommt, zum Abendbrot fressen.«

Beide Jungen lachten.

Sie umrundeten das Grüne Tal. Der Rand war uneben und felsig; sie mussten über Stock und Stein klettern. Von hier oben hatte man einen wunderbaren Blick auf den Pazifik und die Insel Guano, aber Bendix' Augen irrten immer nur im Grünen Tal umher. Die Sonne brannte ihnen in den Nacken und sie kamen ins Schwitzen. Einige Felsen waren so schroff und steil, dass sie große Umwege machen mussten. Dann wieder sprangen sie über tiefe Spalten, durch die der Urwald des Grünen Tals zu ihnen hochwucherte.

»Guck mal, da unten!« Sie blickten in eine Senke. Ein Teil der Felswand war hier eingestürzt. Über große Felsbrocken konnte man ein Stück weit in das Tal hinabsteigen, ziemlich nah an die Camptosaurier heran.

Bendix war schon hinuntergeklettert. »Da sind sie!«, flüsterte er und hockte sich auf einen großen, flachen Felsen.

Die Camptosaurier-Herde war jetzt nur noch einen Steinwurf entfernt. Einige der Tiere schreckten auf, als Chris wie ein Mehlsack auf das Plateau plumpste.

»Pssst!«, zischte Bendix. »Ich glaube, Tante Popeline muss dich mal wieder auf Seegurken-Diät setzen.«

»Niemals im Leben«, zischte Chris zurück. »Niemals im Leben werde ich auch nur noch eine Seegurke essen.« Er setzte seinen Rucksack ab und wickelte sein Mittagessen aus. »Hm, lecker, Camptosaurier-Braten in Kartoffelkruste. Aua, warum schlägst du mich?«

Aber Bendix war nicht nach Scherzen zumute. Er hatte einen wunderbaren Blick auf die ganze Camptosaurier-Herde. Alle konnte er sehen. Alle.

Nur Toni war nicht dabei. Er war einfach nicht da. Wo steckte er?

Wo war sein Toni?

Bendix biss sich auf die Lippen. Er atmete tief durch, aber es half nichts. Es fühlte sich an, als griffe eine eiskalte Hand nach seinem Herzen und quetschte es zusammen.

Elf große und fünf kleine. So viele Camptosaurier zählte er dort unten. Sie standen und fraßen und sahen ganz zufrieden aus. Nicht so, als würde einer von ihnen fehlen. Nicht so, als wäre einem von ihnen etwas Schreckliches passiert.

»Kru! Kru!«, machten die Kleinen und liefen ins Wasser. Es platschte und spritzte.

Da merkte Bendix, dass sein Mund wie ausgedörrt war. Er setzte den Rucksack ab, öffnete ihn und nahm die Flasche heraus. Dann trank er sie in einem Zug aus. Hier in der Gegend gab es genug frisches Trinkwasser, um die Flasche wieder aufzufüllen.

»Kru! Kru!« Genauso hatte Toni auch immer gemacht.

Bendix' Augen fingen an zu brennen. Seine Kehle war wie zugeschnürt.

»Toni«, krächzte er tonlos.

»Kru!«

Moment mal. Das kam nicht aus dem Tal. Das kam von oben.

Langsam drehte Bendix den Kopf.

Über ihm, auf dem Felsen, schob sich ein breiter Kopf nach vorn. Ein Kopf mit Hornschnabel.

»Kru.«

»Toni!« Mit einem Satz war Bendix aufgesprungen. »Mein Toni!«, schrie er.

Chris verschluckte sich und hustete, die Tiere unten im Tal rannten los, als sei ein Allosaurier aus den Koniferen hervorgesprungen.

Aber Bendix sah nur Toni. Mit wenigen Sätzen war er die Felsbrocken hinaufgeklettert. Er umschlang den Hals seines Camptosauriers und drückte ihn fest, fest an sich. »Mein Toni«, flüsterte er. »Mein lieber, lieber Toni!«

Wie groß er geworden war! Er war jetzt größer als Bendix und er war den ganzen Weg aus dem Grünen Tal hierhergelaufen, über nackte Felsen, ohne etwas zu fressen, nur um zu ihm zu kommen!

Bendix spürte, dass sein Herz überschäumte vor Glück. Er wollte Toni nie wieder loslassen und Toni knabberte mit seinem Schnabel an seinem Hemd.

So standen sie eine ganze Weile da.

Dann brachten Bendix und Chris Toni zurück. Der Saurier führte die beiden, leichtfüßig hüpfte er voran. Ab und zu drehte er sich nach Bendix um.

»Ich komme schon, Toni«, sagte Bendix dann.

»Nicht so schnell«, ächzte Chris regelmäßig und hielt an, um zu verschnaufen. »Ich bin doch nicht hier, um Sport zu treiben.«

Schließlich waren die beiden Jungen und der Camptosaurier am Boden des Tales angelangt.

»Ich frage mich, ob Thekla diesen Weg in das Grüne Tal kennt.« Bendix drückte ein paar riesige Blätter zur Seite. »Vielleicht haben wir ja gerade einen ganz neuen Weg entdeckt.«

»Kru«, machte Toni. Er rupfte ein paar Ginkgo-Blätter von einem Baum, drehte sich noch einmal zu Bendix um und dann trabte er davon. Schon nach wenigen Schritten war er im grünen Dickicht verschwunden.

»Tschüss, Toni!«, rief Bendix ihm hinterher. »Bis bald!«

Er lauschte, konnte aber aus dem Rauschen des Wassers und dem Zirpen und Fauchen, dem Pfeifen und Krächzen der Dinosaurier seinen Toni nicht mehr heraushören.

»Elf große und sechs kleine.« Thekla Salmonis lächelte. »Wunderbar. Natürlich sind es noch immer viel zu wenige, aber zumindest vermehren sie sich wieder. Das müssen wir feiern. Zum Glück habe ich das letzte Mal, als ich auf dem Festland war, eine Packung Spaghetti und ein Glas Tomatensoße gekauft. Was haltet ihr davon?«

»Spagh. . . Spagh. . . Spagh. . .« Mehr brachte Chris nicht hervor. Er schnappte nur nach Luft wie ein Fisch auf dem Trockenen.

Auch Bendix merkte, dass er Hunger hatte. Richtigen Hunger. Er hatte seit heute Morgen nichts mehr gegessen. »Ja«, sagte er nur und nickte. »Ja, das könnte ich jetzt wirklich gut haben.« Und er dachte an das Waisenhaus *Zur barmherzigen Einfalt* und an die Spaghetti, von denen er niemals welche abbekommen hatte. Wie lange war das jetzt her? Mindestens ein Leben, oder?

Langsam ging er hinüber zu den Stufen der Veranda und kniete sich hin. Unter der obersten Stufe zog er das lose Holzbrett heraus und griff in den Hohlraum. Da lag er. Sein Schatz!

Als er den Pappkarton in den Händen hielt, setzte er sich auf die unterste Stufe. Einmal noch strich er über den Deckel, bevor er ihn öffnete.

»Was ist das?« Chris kam näher. »Dein Schatz?«

Bendix nickte. »Ja«, sagte er leise. »Ich möchte ihn nicht mehr verstecken. Ich möchte ihn oben bei mir im Zimmer haben.« Und dann nahm er die versteinerte Allosaurus-Kralle in die Hand. Er strich über das schwarze Fossil, ganz vorsichtig, fast zärtlich.

»Wow!«, sagte Chris. Er stand jetzt dicht vor Bendix. »Was ist das für ein Ding?«

»Eine Allosaurus-Kralle. Hundertfünfzig Millionen Jahre

alt. So lange sind die Allosaurier nämlich ausgestorben.« Dabei musste er grinsen. Schließlich wusste er, dass es da noch ein paar quicklebendige Allosaurier gab, gerade mal ein paar Kilometer von ihm entfernt.

Chris setzte sich neben ihm auf die Stufen. Einen Augenblick lang saßen sie nur da und betrachteten die Versteinerung. Dann hielt Bendix sie Chris hin. »Willst du mal halten?«

Chris sog hörbar die Luft ein. »Darf ich? Voll cool!«

Und während Chris die Allosaurier-Kralle in seine Hände schloss, sah sich Bendix die Fotos seiner Eltern an.

Er würde sie über sein Bett an die Wand hängen.

Die Spaghetti mit Tomatensoße waren mit Sicherheit das Allerbeste, was Bendix jemals gegessen hatte. Und anschließend hatte es sogar noch einen Riegel Schokolade für jeden gegeben.

Jetzt saßen sie zusammen auf der Veranda. Thekla hatte ein paar Kerzen auf dem Tisch angezündet, obwohl es noch nicht ganz dunkel war.

Sie sprachen nicht viel. Stattdessen lauschten sie den Geräuschen der Insel. Ganz in der Nähe zirpten und summten Insekten. Das Meer war ruhig und rauschte nur leise an den Strand. Und im Wald gaben die Dinosaurier ihre Gesänge von sich. Es war wie ein Konzert. Da sitzt man auch nur und hört zu und redet nicht.

Bendix hatte die Augen geschlossen. Er sog tief den Duft von Vanille und süßen Früchten ein und fragte sich, ob es wohl irgendwo auf der Welt schöner sein könnte als hier. Hier und jetzt und in diesem Augenblick.

»Heiliger Huia!«

Bendix zuckte zusammen. Er öffnete die Augen.

»Das gibt's doch nicht! Schaut mal da! Schaut mal da unten!« Ida war aufgesprungen. Ihre Stimme war nicht mehr als ein heiseres Krächzen. Sie zeigte zum Strand hinunter.

Und da sahen sie es alle.

Direkt unterhalb des Gartens, an dem schmalen Stück Strand, zog eine Diplodocus-Herde entlang. Ganz langsam und majestätisch setzte einer nach dem anderen seine gewaltigen Füße in den Sand, Schritt für Schritt, lautlos. Ihre langen Schwänze durchschnitten die Luft wie Peitschen. Und hinter ihren gigantischen Körpern ging rot die Sonne unter.

Sie waren jetzt alle aufgestanden. Bendix wagte kaum zu atmen.

Die Tiere waren so kolossal groß, so enorm, so riesig, dass die größten Bäume des Gartens neben ihnen wie Blaubeerbüsche aussahen.

Bendix merkte, dass er zitterte. Er zitterte, weil es einfach zu schön war. Zu schön, um nicht zu zittern. Er schluckte. Und zu schön, um nicht zu weinen. Er leckte die Träne auf, die ihm die Wange hinuntergelaufen war.

Thekla nahm ihn in den Arm und hielt ihn fest.

Die Sonne malte eine breite rote Straße auf den Pazifik und warf ihre letzten Strahlen auf einige der gewaltigsten Tiere, die jemals über den Planeten gezogen waren.

Sie blieben auf der Veranda stehen, bis auch die letzte Schwanzspitze in der Dunkelheit verschwunden war. Keiner sagte ein Wort. Dann setzten sie sich wieder, sahen aber immer noch an den Strand hinunter, obwohl die Sonne hinter dem Horizont verschwunden war und nichts als samtige Schwärze zurückgelassen hatte.

»Dafür leben wir«, sagte Thekla schließlich mit leiser Stimme. »Um diese wunderbaren Tiere zu erhalten. Gibt es etwas Schöneres, womit man sein Leben verbringen kann?«

Bendix schüttelte den Kopf. Nein. Er würde den Rest seines Lebens hier verbringen, auf Floribunda, der Insel der Dinosaurier. Und er konnte sein Glück kaum fassen.

Alice Pantermüller

Bendix Brodersen
Echte Helden haben immer einen Plan B

Alles könnte so schön sein auf Floribunda, wo Bendix Brodersen dabei hilft, das größte Geheimnis der Menschheit zu hüten. Doch dann dümpelt eines Tages plötzlich eine Yacht vor der Nachbarinsel Guano im Meer. Touristen! Ein Plan muss her, um die Eindringlinge wieder zu vertreiben. Bevor diese herausfinden, welche außergewöhnlichen Vögel die Insel seit Millionen von Jahren beherbergt.

Auch als Hörbuch erhältlich

248 Seiten
Arena-Taschenbuch
ISBN 978-3-401-50905-1
www.arena-verlag.de

Jamie Thomson

Dark Lord

978-3-401-50641-8

...da gibt's nichts zu lachen!!

Geht's noch schlimmer? Dark Lord, der größte Weltenzerstörer des Universums – von seinem Widersacher verbannt auf den kleinen blauen Planeten namens Erde. Und das im erbärmlichen Körper eines Elfjährigen, den alle Dirk Lloyd nennen! Keine Frage: Der dunkle Lord muss schleunigst zurück in sein fernes Reich ...

978-3-401-50780-4

...immer auf die Kleinen!!

Bei den neun Höllen der Verdammnis! Nicht Dark Lord ist zurück in sein heimisches Reich der Finsternis transportiert worden – sondern seine irdische Freundin Suus! Doch das Schlimmste kommt noch: Kaum gelandet, übernimmt Suus auf dem Heimatplaneten des Dunklen Lords als »Königin der Nacht« die Herrschaft ...

978-3-401-50781-1

...ich kann auch anders!

Nie hat man seine Ruhe! Nicht nur Dark Lord, Suus und Christopher sind wieder auf der Erde gelandet, auch den Dämon Gargon und den Edlen Ritter Rufino hat es hierher verschlagen. Und das Schlimmste: Dark Lords größter Widersacher, der Weiße Zauberer Hasdruban, ist ebenfalls aufgetaucht – ausgerechnet in Person des Schulleiters!

Arena

Alle Bände auch als Hörbücher bei DHV erhältlich

Jeder Band: Klappenbroschur
www.arena-verlag.de

Amina Paul

Die Welt steht kopf – in der Elternschule

Irgendetwas stimmt an diesem Morgen nicht: Florians Eltern sitzen im Wohnzimmerschrank und weigern sich, zur Arbeit zu gehen, Lenchens Vater flutet die Wohnung, weil er Papierschiffe versenken will, und die Rentner aus dem Altenheim eröffnen einen Discobus. Und als ob das alles nicht schon genug wäre, beginnt plötzlich auch noch ein fremder Reporter, in der Stadt herumzuschnüffeln.

Auch als Hörbuch erhältlich

Arena

272 Seiten
Arena-Taschenbuch
ISBN 978-3-401-50528-2
www.arena-verlag.de